Oetinger

Orion. Die Jäger des Schicksals ist der zweite Band der spannenden Sternen-Saga.

Bisher erschienen:

Taurus. Die Erben der Macht

Orion. Die Jäger des Schicksals

Fortsetzung folgt.

Michael Templar lebt mit seiner Familie in Nordengland. Er hat klassische Altertumswissenschaften studiert und ist ein begeisterter Hobby-Astronom und -Historiker – beste Voraussetzungen, um die Sternen-Saga zu schreiben. Nur wie man in die Zukunft schaut, hat er noch nicht herausgefunden.

Michael Templar

ORION

DIE JÄGER DES SCHICKSALS

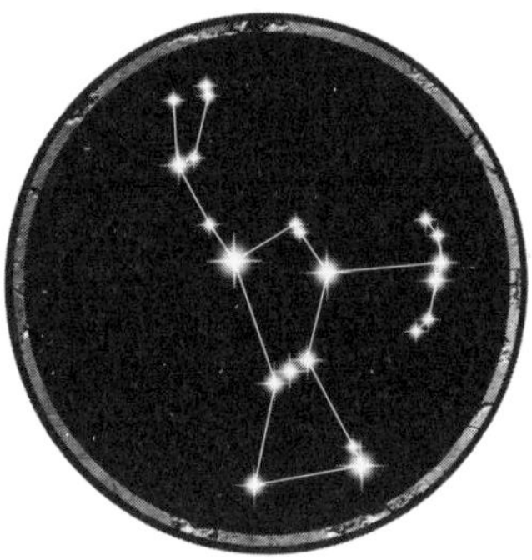

Aus dem Englischen von
Nadine Mannchen

Verlag Friedrich Oetinger · Hamburg

MIX
Papier aus verantwortungsvollen Quellen
FSC® C014496
www.fsc.org

Aus dem Englischen von Nadine Mannchen
Umschlaggestaltung von Alexander Kopainski unter Verwendung eines Bildes von Shutterstock Standard
Druck und Bindung: GGP Media GmbH,
Karl-Marx-Straße 24, 07381 Pößneck, Deutschland
Printed 2019
ISBN 978-3-7891-0964-5

www.oetinger.de

Fünfhundert Jahre später wird Eris erneut zuschlagen, mächtiger und zorniger. Und sie wird das Leben von der Erde löschen, ohne Mitleid oder Gnade. Ihr Chaos wird alles vernichten. Erscheinen wird sie als Kind von Bastet, der Todesbotin, der Ausgeburt von Krieg und Streit. Kein Mensch wird ihrer Herrschaft von Zwietracht und Tod entkommen – es sei denn, du, meine Nachfahrin, hast Erfolg. Ich muss achtsam sein, falls diese Worte in die falschen Hände fallen. Doch höre: Das Schicksal wird sich wiederholen. Die drei Omenschriften, aufgezeichnet zum Untergang dreier Zivilisationen, werden dich leiten. Du musst deine Zivilisation davor bewahren, als vierte und letzte zu stürzen.

- IDRIS KHALIL 1555

PROLOG

THUBAN

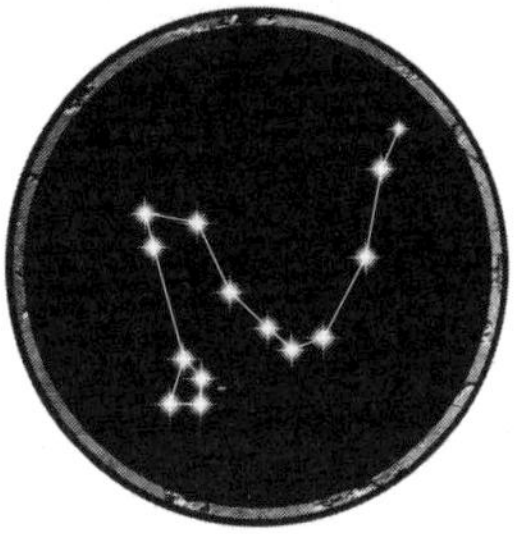

Der hellste Stern im Sternbild Draco.
Eine Schlange wird zum Vorschein kommen.

Diese Leute sind gefährlich. Die Warnung blitzte Ninia Kane durch den Kopf, als sie die Besucher in der gewaltigen Stahl- und Glaslobby ihres Firmensitzes in Empfang nahm. Ein merkwürdiger Gedanke, da sie selbst von zwei Bodyguards begleitet wurde, die ihre Waffen ganz offen zur Schau stellten.

Gleißend helle Sonne strahlte in die geflieste Halle. Sie und der hallende Lärm Hunderter Mitarbeiter, die plaudernd die Lobby durchquerten, begannen in Ninia leichte Kopfschmerzen auszulösen. Nur die fünf wartenden Gäste stachen deutlich aus dem Trubel hervor. Ihre von hinten erleuchteten Umrisse wirkten wie Statuen, totenstill und schweigend.

»Wie schön, Sie kennenzulernen, Dr. Schar«, hieß sie den Kopf der Gruppe willkommen. Sie musste die Augen zusammenkneifen, um ihn erkennen zu können.

Der korpulente Mann im schäbigen Anzug schüttelte die Hand, die sie ihm entgegenstreckte. »Miss Kane. Danke für Ihre Gastfreundschaft.« Seine Lippen verzogen sich zu einem Lächeln, doch seine Augen musterten sie, als wäre sie eine biologische Probe unter einem Mikroskop.

Sie dachte an das Portfolio über Professor Schar, das man zusammengestellt hatte, nachdem er mit dem Unternehmen vor einigen Wochen in Kontakt getreten war: Einst war er der gefeiertste Wissenschafter in der Welt der theoretischen Physik gewesen. Doch nun wurde sein Name von einer Reihe seltsamer Anschuldigungen überschattet – Geheimgesellschaften, okkulte Rituale, Tieropfer. Erst vor Kurzem war er wegen Entführung angeklagt worden, was ein ganzes Team von Anwälten aufgrund mangelnder Beweise jedoch abgeschmettert hatte. Seine Suspendierung von der akademischen Welt war aufgehoben worden, und er arbeitete wieder am weltbekannten CERN, dem Teilchenbeschleuniger in der Schweiz.

Seine Begleiter, zwei Männer und zwei Frauen, standen wie Schlafwandler links und rechts von ihm und starrten ins Leere. Sie trugen identische dunkle Anzüge und kleine Koffer. Um ihre Hälse schlängelten sich Tattoos. Ninias Bodyguards musterten sie argwöhnisch, und Ninia merkte den beiden eine Anspannung an, die sie von ihnen so gar nicht kannte. Die Gruppe strahlte eine gewisse Aura aus – etwas, das Ninia nicht näher benennen konnte. Sie fühlte sich verletzlich und klein, als würde sie im Zoo einen Löwen beobachten, der hinter seiner Scheibe unruhig auf und ab lief.

»Wollen wir dann?« Ninia Kanes Stimme klang ungewohnt klein.

»Wenn Sie so weit sind«, antwortete Schar.

Aus seiner Miene wurde sie einfach nicht schlau. Sie wirkte fast wie eine Maske. Ihr Herz machte einen aufgeregten Satz – versuchte es, sie zu warnen?

»Dann mal los!« Ninia Kane drehte sich um und führte die Gruppe durch die Sicherheitskontrollen zum Aufzug, der sie ins Innere der Labore von NiniaCorp brachte. Als die Türen sich vier Stockwerke tiefer öffneten, lag ein hell beleuchteter Flur vor ihnen.

»Hier findet der sensibelste Teil unserer Forschungen statt«, erklärte sie. »Wir haben sehr viel Geld in die modernsten Sicherheitsvorkehrungen investiert, um in dieser Etage selbst vor den ausgefeiltesten Spionageversuchen und Störungen von außen geschützt zu sein.«

Schar nickte anerkennend.

Während Ninia die Besucher durch den Gang führte, überlegte sie, was Schar tatsächlich von ihr hielt. Sie hatte NiniaCorp gegründet, als sie noch Technische Informatik am MIT studiert und an der Frage geforscht hatte, wie die künstliche Intelligenz von Computern dazu genutzt werden kann, Menschen zu tracken, um ihre Gewohnheiten zu verstehen. Jetzt, acht Jahre später, gehörte ihr Unternehmen zu den absoluten Größen im Bereich Social Media und es expandierte schnell. Es war noch nicht lange her, da hatten sie eine Reihe von intelligenten Geräten auf den Markt gebracht, die es mit Apple und Google aufnehmen konnten. Und das war erst der Anfang ihrer Pläne. Das Produkt, das aktuell in ihren geheimen Laboren entwickelt wurde, würde die zwischenmenschliche Kommunikation völlig revolutionieren. Es würde NiniaCorp zum mächtigsten Unternehmen der Welt machen.

Die Wände des Korridors bestanden komplett aus Glas. Allerdings waren die Scheiben elektronisch getönt, um zu verbergen, woran auf der anderen Seite gearbeitet wurde. Ninia betrachtete die Spiegelungen von Schars Begleitern, die sich verblüffend synchron bewegten. Einer der Männer war groß und hatte breite Schultern. Die Haare trug er mit einer Klammer zu einem Zopf gebunden. Der andere war noch größer und hatte einen kahl rasierten Schädel. Seine schiere Größe gab ihm eine kraftvolle Ausstrahlung.

Auf halber Strecke presste Ninia die Hand auf das Glas einer Tür, woraufhin grünes Licht über ihre Handfläche pulsierte. Die Tür glitt auf und gab den Blick auf das Labor frei. »Nach Ihnen«, bat sie ihre Gäste hinein.

Schar und seine Kollegen betraten den Raum. Als Ninias Sicherheitsmänner folgen wollten, hielt sie abwehrend eine Hand in die Höhe. »Schon in Ordnung. Sie können uns nun allein lassen.«

»Madam?« Der Leiter ihres Sicherheitsteams sah sie überrascht an, während er die Besucher alarmiert beäugte.

»Sie können draußen warten«, beharrte Ninia. »Dies ist eine private Angelegenheit.«

In seiner Mail hatte Schar ausdrücklich darauf bestanden, dass er nur ihr persönlich zeigen könne, »was er zu bieten hatte«. Ninia hatte zugestimmt, weil Schar ihr den Zugriff auf die komplette Datensammlung des CERN versprochen hatte. Das würde ihre eigene Forschung im Bereich von Quantencomputern einen großen Schritt nach vorne bringen. Und was hatte sie schon zu befürchten? Diese lächerlichen Gerüchte über Übernatürliches machten ihr keine Angst.

Mit einem letzten Blick über die Schulter zogen sich die Sicherheitsmänner zurück, und die Tür schloss sich.

»Wir danken Ihnen für diese Audienz«, begann Schar.

Ninia runzelte die Stirn. Warum klang er auf einmal so seltsam?

»Es kommt nicht jeden Tag vor, dass ich ein Treffen habe, das selbst für meine eigenen Sicherheitsleute zu geheim ist. Sie meinten, Sie müssten mir etwas zeigen?«

Schar lächelte. »Gewiss. Doch zuerst erlauben Sie mir eine Frage: Was wissen Sie über den Aither?«

Ninia zuckte mit den Schultern. Sie war eine richtige Leseratte, die so viel Wissen wie nur möglich aufsog. Auch über die griechische Philosophie der Antike hatte sie einige Bücher gelesen. »Das ist ein antikes Konzept mit vielen verschiedenen Bedeutungen, von denen keine einzige wissenschaftlich ist. Plato beispielsweise verstand darunter ein fünftes, unsichtbares Element – in Ergänzung zu Feuer, Erde, Luft und Wasser.« Sie lächelte unsicher. »Seither haben wir uns ein wenig weiterentwickelt.«

»Möglich«, erwiderte Schar geheimnisvoll. Er zeigte auf die Konsolen und Bildschirme im Raum. »Man kann sich den Aither auch wie einen Computercode vorstellen, der die Raumzeit programmiert – ein Netz, das alles Vergangene, Gegenwärtige und Zukünftige miteinander verknüpft. Die Griechen nannten es *Weltseele*, weil es alles Lebendige verbindet. Und auch alles, was tot ist.«

Ninia fühlte ein Prickeln im Nacken. »Sie meinen, man *glaubte* an diese Dinge. Der Aither ist nichts Reales, Doktor. Ebenso wenig wie die Zahnfee.«

Er starrte sie einige Sekunden lang an, bis sie den Drang verspürte, den Blick abzuwenden. »Sie haben die Geräte, über die wir uns unterhalten haben?«, fragte er.

Schlagartig hatte Ninia ihre Zweifel an diesem ganzen Treffen. Sie hatte Schar aufgrund seines Rufs als Wissenschaftler und aufgrund seiner früheren Forschungsarbeit mit Quantencomputern willkommen geheißen, doch bisher kam er ihr wie ein gewöhnlicher Spinner vor. Vielleicht lag es am Jetlag. Von der Schweiz bis nach Boston war es eine ganz schöne Strecke. Und ihm das Gespräch nun zu verweigern, wäre mehr als unhöflich. Außerdem brannte sie darauf, die Früchte ihrer Forschung endlich mit jemandem – *irgendjemandem* – teilen zu können, der das wahre Potenzial dahinter erkannte.

Sie trat an eine Schublade in der Wand und gab einen Code ein. Als sie nach außen glitt, kam ein Polster zum Vorschein, auf dem mehrere centgroße schwarze Knöpfe lagen. Das Licht des Raums brachte die Schlange des NiniaCorp-Logos auf der Oberfläche zum Aufblitzen.

»Sie haben großes Glück«, sagte sie, während sie zwei davon herausnahm. »Diese kleinen Wunderwerke haben das Gebäude noch nie verlassen. Ich darf Sie noch einmal daran erinnern, dass Sie eine Vertraulichkeitsvereinbarung unterschrieben haben?«

»Selbstverständlich«, versicherte Schar.

»Wir nennen das Projekt MindTouch. Diese Knöpfe ermöglichen den Trägern einen konstanten Zugriff auf alle im Internet vorhandenen Informationen sowie die Möglichkeit, auf telepathischem Weg miteinander zu kommunizieren. Smartphones werden der Vergangenheit angehören. In naher Zukunft, so hoffen wir, kann man die Knöpfe den Menschen direkt implantieren – wir werden von Geburt an vernetzt sein.«

»Faszinierend«, sagte Schar. »Kann es dann losgehen?«

Ninia händigte jedem ihrer Gäste eins der kleinen Geräte aus. »Drücken Sie den Knopf einfach an ihre Schläfe. Er ist selbsthaftend.« Schar und seine vier Begleiter folgten ihrer Anweisung, während Ninia an einen Arbeitsplatz trat und zu tippen begann. »Es dauert einen Moment, sie zu verbinden.«

»Ladon«, sagte Schar.

Der breitschultrige Mann mit dem Zopf stellte seinen Koffer ab und öffnete ihn. Darin lagen fünf Masken, die er nun austeilte. Es waren Tiergesichter mit Hörnern oder Geweihen, deren Münder weit geöffnet waren, sodass ein Eindruck von Wehklage und Verzweiflung entstand.

»Was tun Sie da?«, fragte Ninia. Sie war kurz davor, zur Tür zu rennen, doch ihre Füße bewegten sich nicht vom Fleck.

»Keine Angst«, sagte Schar. »Es ist Teil des Rituals.«

Welches Ritual?

Seine eigene Maske war aufwendig gestaltet, mit gewundenen Hörnern wie von einem Stier und einem vorstehenden Maul. Zudem war sie mit fremdartigen Symbolen bemalt. Die MindTouch-Knöpfe an den Schläfen seiner Leute blinkten silbern, um anzuzeigen, dass die

Verbindung stand. Eine der Frauen nahm eine Thermosflasche aus ihrem Koffer und schraubte den Verschluss ab. Während sie ihre Kollegen umrundete, malte sie mit der dicken roten Flüssigkeit aus der Flasche einen etwas unförmigen Kreis auf den Boden. Ninia machte einen Satz zurück, trotzdem bekleckerte das Zeug ihre Schuhe.

»Ist das etwa Blut?«, keuchte sie. Ihr Magen machte einen Satz, und sie begann zu würgen.

Johann Schar antwortete nicht. Ninias Unbehagen schien er nicht einmal zu registrieren. Die Frau legte die Flasche wieder in den Koffer, bevor sie ihren Platz im Ring einnahm. Dann stimmten die seltsamen Besucher einen Singsang an, ein Durcheinander an Lauten, das an Worte erinnerte – jedoch in einer Sprache, die Ninia noch nie gehört hatte. Ein Schaudern durchlief sie, während ihr ganzer Körper zu kribbeln schien und die Worte als unmöglich lautes Flüstern in ihrem Ohr erklangen.

Sie hatte genug gesehen und wandte sich zur Tür. Sie musste hier raus. Die Gerüchte über Schar stimmten also: Der Mann war wahnsinnig und gefährlich.

Doch als sie die Hände auf die Glasscheibe legte, um sie zu öffnen, strömte eine merkwürdige elektrische Energie über ihre Arme, und ihr wurde schwindelig.

»Heißen Sie den Aither willkommen«, rief Schar. Durch die Maske klang seine Stimme tiefer und lauter, sodass sie das ganze Labor zu erfüllen schien. Aus den überlasteten Computerkonsolen schossen Funken, als die seltsame Energie im Raum anschwoll.

Der Gesang der vier Gestalten wurde ohrenbetäubend. Zwischen ihnen, etwa eineinhalb Meter über dem Boden, erschien mitten in der Luft eine Kugel aus wirbelndem Licht. Sie erinnerte an ein Tier in einem weißen Sack, das mit spitzen Gliedmaßen zappelte und sich aus seinem Gefängnis zu befreien versuchte.

»Wenden Sie den Blick ab, Miss Kane«, sagte Schar. »Sie dürfen nicht direkt in den Aither schauen.«

Ninia drehte sich weg, als ein gleißender Blitz das Labor erleuchtete. Hinter ihren Augenlidern tanzten bunte Punkte. Gebannt starrte sie auf die gläserne Wand, die das Geschehen spiegelte. Das Ding, das die Verrückten beschworen hatten – was immer es auch war –, öffnete sich zu einem senkrechten Schlitz. Ein Riss in der Realität. Das pulsierende Licht breitete sich aus, bis die Öffnung so groß war wie ein Mensch. Schars Anhänger standen steif wie Puppen, während ihre Körper zitterten.

»Es ist vollbracht!«, sagte Schar.

»Was ist das?«, schrie Ninia.

»Ein Tor in den Aither«, brüllte Schar. »Das offenbarte Schicksal der Menschheit. Sehen Sie, Miss Kane, werfen Sie einen Blick auf das anrückende Chaos!«

In dem Licht erkannte Ninia nun undeutliche Schemen. Rennende Menschen, Rauch und Feuer, Pilzwolken. Sie hörte Schreie, Entsetzen und Streit, außerdem das Scheppern von Metall auf Metall. Es war fesselnd und gleichzeitig absolut grauenhaft.

Plötzlich fiel eine der Frauen auf die Knie. Schlagartig schloss sich der Riss und ließ nur schwachen weißen Rauch zurück. Die Computer und das übrige Equipment im Labor zischten und knisterten. Die drei anderen Maskierten traten zu ihrer gestürzten Kollegin und halfen ihr auf die Beine.

Schar drehte sich zu Ninia und nahm seine Stiermaske ab. Darunter war sein Kopf nass geschwitzt, und seine Augen funkelten. »Glauben Sie nun an den Aither?«

Auf der anderen Seite der Tür hämmerte einer von Ninias Sicherheitsmännern gegen das Glas. »Geht es Ihnen gut, Miss Kane? Lassen Sie uns rein!«

»A… alles in Ordnung«, antwortete Ninia durch die verspiegelte Scheibe. »Geben Sie mir eine Minute.«

Schar legte den Kopf schief. »Die Welt, die Sie zu kennen meinen, ist ein winziger Lichtstrahl in einem finsteren Raum. Nur der Aither strahlt hell und klar. Ihre neue Technologie erlaubt uns, unsere Kräfte zu vereinen und tiefer hineinzublicken als je zuvor. Die Zukunft zu kennen, heißt, sie zu kontrollieren, heute Entscheidungen zu treffen, die das Schicksal zu unseren Gunsten formen können.«

»Das war die Zukunft?«, fragte Ninia. »Sie sah grässlich aus.«

»Nur das Chaos kann Neubeginn hervorbringen«, antwortete Schar. »Schließen Sie sich uns an und werden Sie Teil der Zukunft – sonst sind auch Sie nur Treibholz, das vom Fluss des Schicksals mitgerissen wird.«

»Wer *sind* Sie? Wer ist *uns*?«

Schar holte tief Luft. »Wir sind das Mysterium von Eris. Anhänger der Disharmonie. Wir existieren seit Jahrtausenden, und wir werden niemals sterben.«

Ninia legte erneut die Hand aufs Bedienfeld der Tür. Diesmal akzeptierte es ihren Abdruck und öffnete ihr. Auf der anderen Seite stand ihr Sicherheitsteam mit gezückten Pistolen, die sie auf Schar und seine Leute richteten. »Auf den Boden!«, befahl der Teamleiter mit einem raschen Blick auf die kaputten Monitore, den Rauch und den blutbedeckten Boden.

Schar blieb, wo er war. »Wir gehen jetzt, aber denken Sie über mein Angebot nach, Miss Kane.«

»Raus«, verlangte sie. »Sofort!«

Schars Leute verließen das Labor im Gänsemarsch, er selbst bildete die Nachhut. Die Pistolenläufe folgten ihnen auf Schritt und Tritt. »Wenn die Zeit reif ist, werden wir schon noch Freunde«, sagte er. »Das können Sie mir glauben. Wir haben es vorausgesehen.«

Seine Sohlen hinterließen rote Spuren in dem strahlend weißen Korridor.

KAPITEL I

ERIS

Der nach der Göttin der Zwietracht
benannte Zwergplanet.
Chaos rückt an.

Natalie, du musst hinsehen. Du musst erkennen! Du musst tiefer vordringen …

Natalie schreckte hoch. Es war dunkel. Doch noch immer konnte sie das Quietschen von Johann Schars Schritten hören. Sie roch den beißenden Rauch der zerstörten Laborausrüstung, sah die blutigen Fußabdrücke …

Langsam verblassten die Eindrücke, doch das Echo der Stimme hallte in ihr nach.

Du musst tiefer vordringen …

Schließlich verstummte die Stimme und hinterließ nichts als Stille und das Klopfen von Natalies Herzen. Sofort griff sie nach dem Notizbuch auf ihrem Nachttisch und schrieb auf, was sie gesehen hatte – wie immer, wenn der Nous sie im Schlaf mit Visionen überraschte. So deutlich war bisher allerdings noch keine gewesen. Und dann diese Stimme … das war neu. Natalie hielt inne und überlegte, wie sie die Stimme am besten beschreiben konnte: leise, vielleicht von einer Frau, seltsam vertraut. Sie schien aus dem Traum selbst zu kommen … Johann und Ninia jedenfalls hatte sie nicht gehört. Nachdenklich kreiste sie das letzte Wort ein: *Wer?*

An der Tür ihres Zimmers klopfte es leise. Natalie knipste die Lampe an. »Herein.«

Der weiße Schopf von Professor Avery Hardaker, ihrem Großvater, tauchte auf.

»Ist bei dir alles in Ordnung, mein Liebes? Ich habe dich schreien gehört.«

»Äh … ja, glaube schon.«

Er trat ein, eingemummt in seinen Morgenmantel. Sein Gesicht war eingefallen und es lag Sorge darin. Er stützte sich schwer auf seinen Stock. Die Tortur in den Fängen des Mysteriums von Eris, das ihn gefoltert hatte, um an Informationen über das Orakulum zu gelangen, steckte ihm noch immer in den Knochen. »Noch eine Vision?«

Natalie nippte an dem Wasser, das in einem Glas neben ihrem Bett stand. »Ja. Von Johann Schar. Er hat sich mit jemandem getroffen – mit einer Frau namens Miss Kane.«

Ihr Großvater setzte sich ans Fußende ihres Bettes. »Ninia Kane? Das ist die Eigentümerin von NiniaCorp.«

»Du meinst diese Telefon-Leute?«, fragte Natalie.

»Sie sind weit mehr als das. Wenn das Mysterium von Eris Ninia Kane für sich gewinnen will, müssen wir uns beeilen. Ihre Labore liegen nur eine Stunde Fahrt von hier. Erzähl mir, was sie gesagt haben, Natalie. Es könnte wichtig sein.«

Sie berichtete ihm, woran sie sich erinnern konnte – von den merkwürdigen Knöpfen, die Schars Gefolgsleute getragen hatten, und den Bildern im Aither. »Was wollen sie von Ninia Kane?«

»Natalie ... du weißt doch noch, was ich dir über das Schicksal erzählt habe. Es ist wie ...«

»Ein Fluss, ja. Johann hat etwas ganz Ähnliches gesagt.«

»Die meisten Menschen werden von seinem Strom einfach mitgetragen. Sie glauben, sie würden frei wählen, eigene Entscheidungen treffen und ihr Leben selbst gestalten. Aber das stimmt nur zu einem gewissen Teil. Wenn sie wirklich fest entschlossen sind, schlagen sie womöglich kleine Wellen, verursachen sanfte Strudel. Doch nur außergewöhnliche Menschen können den Lauf dieses Flusses wirklich verändern. Wie Felsen stehen sie in der Strömung oder brechen wie Wasserfälle und Fluten neue Schneisen und Wege. Der Schlüssel ist Macht. Menschen, die mächtige Positionen innehaben, können den Lauf des Stroms leichter beeinflussen.«

»Und deshalb will das Mysterium von Eris Ninia Kane?«

»Genau. Ich muss dem Rat mitteilen, was sie vorhaben.« Er drückte ihre Hand. »Und du, Natalie, du musst zumindest *versuchen*, dich vom Aither fernzuhalten.«

Er klang verzweifelt, fast schon flehend. Schlagartig bekam sie ein schlechtes Gewissen, weil sie ihm so viele Sorgen machte.

»Wie soll ich denn meine Träume abstellen?«, entgegnete sie.

Der Rat des Orphischen Mysteriums war in seinem Urteil mehr als eindeutig gewesen. Natalie sollte um jeden Preis vermeiden, in den Aither vorzudringen. Denn jedes Mal begab sie sich und die, die ihr nahestanden, in große Gefahr. Denn andere Kassandren konnten sie im Aither aufspüren – so als würde die Polizei mittels GPS und Funktürmen ein Handy orten. Leider auch diejenigen, die für das Mysterium von Eris arbeiteten!

Ihr Großvater nickte verständnisvoll. »Vielleicht gibt es andere Möglichkeiten, es zu unterdrücken«, sagte er. »Medikamente womöglich …«

»Nein!« Natalie zog ihre Hand weg. Ihr Großvater betrachtete sie lange und mitfühlend. »Ich weiß, dass du es nicht gerne hörst. Aber der Aither könnte deinen Geist beeinflussen.«

»Wie Dad werde ich nicht enden, wenn es das ist, worüber du dir Sorgen machst«, sagte sie hastig und leicht gereizt.

Sofort bereute sie ihre Worte, denn ihr Großvater wirkte entsetzt.

»Das würde ich niemals zulassen«, sagte er leise. Eine Weile trat Stille ein, bevor er ergänzte: »Soll ich uns heiße Schokolade machen?«

»Das wäre schön.«

Als er das Zimmer verlassen hatte, schwang sich Natalie aus dem Bett, trat ans Fenster und zog die Vorhänge beiseite. Die Straße unter dem Apartment am Beacon Hill war nie völlig verlassen, doch gegen vier Uhr morgens herrschte wenig Verkehr. Hinter dem Gehweg schimmerte schwarz der Charles River. Am anderen Ufer lag die berühmte Harvard Universität von Cambridge, wo ihr Großvater Archäologiegeschichte lehrte. Wo auch ihr Vater studiert hatte, bevor er den Verstand verloren hatte. Es war unfair, dass Natalie so von ihm gesprochen hatte. Sie wusste, dass ihr Großvater sich mitschuldig fühlte. Obwohl Natalie wirklich nicht wusste, wie irgendjemand hätte verhindern können, was damals passiert war.

Nach der Auseinandersetzung mit Johann Schar und dem Mysterium von Eris in den Katakomben von Paris vor beinahe vier Wochen hatten sie und ihr Granddad beschlossen, wieder hierher zu ziehen. Das Bostoner Apartment war ihnen sicherer erschienen als Paris oder London. Doch wenn Schar und seine Schläger Ninia Kane besuchten, die nur eine Stunde von ihnen entfernt war, hatten sie sich wohl getäuscht.

In nur einem Monat hatte sich so viel verändert. Vor vier Wochen hatte Natalie nie auch nur von den antiken Kulten gehört, die Orpheus und Eris huldigten. Geschweige denn, dass sie vermutet hatte, dass beide seit der Antike verfeindet waren, weil die einen sich der Ordnung, die anderen dem Chaos verschrieben hatten. Am allerwenigsten hatte sie geahnt, dass sie selbst in diesen Streit verwickelt war. Im Augenblick fühlte sich ihr Leben an wie kurz nach einem Erdbeben: Die Welt stand kopf und beruhigte sich nur langsam. Natalie hatte erfahren, dass sie alles andere als eine normale Dreizehnjährige war. Stattdessen war sie die Nachfahrin eines mittelalterlichen Propheten und Freundes von Nostradamus: Idris Khalil. Sie war das sogenannte Orakulum, eine mächtige Seherin, eine Kassandre, die Zugriff zum Aither hatte und die Omen deuten konnte, die sie in den Sternen las. Damit war sie nicht nur extrem wertvoll für das Orphische Mysterium, sondern auch eine Bedrohung für die Anhänger von Eris. Khalil hatte vorhergesehen, dass sie der Schlüssel war, um die Apokalypse und den Untergang der Zivilisation zu verhindern.

Aus genau diesem Grund parkte rund um die Uhr –

auch jetzt – ein riesiger schwarzer Geländewagen mit einem Sicherheits-Einsatzkommando vor der Wohnanlage und behielt Natalie im Auge. Natalie fand das übertrieben, aber Lionel Thwaites, der aristokratische britische Freund ihres Großvaters und Anhänger von Orpheus, hatte darauf bestanden. Sollte das Mysterium von Eris zuschlagen, dann wie eine Kobra, rasend schnell und präzise.

Natalie ging Richtung Küche, in der ihr Großvater lautstark die Getränke zubereitete. Vor der Tür zu seinem Arbeitszimmer, aus dem ein schmaler Lichtschein fiel, blieb sie stehen. Er war doch nicht etwa die ganze Nacht aufgeblieben, um zu arbeiten? Sie schob die Tür auf. Die meisten Bücher steckten noch in Kisten und warteten darauf, ausgepackt zu werden, und die einzigen Möbel im Raum waren ein Ledersessel, eine verstellbare Schreibtischlampe und ein kleines Bücherregal. Hier und da blätterte der Putz von den Wänden, was aber kaum auffiel. Denn fast die ganze Fläche war von Fotos, Zeitungsausschnitten und Klebezettelchen übersät, auf denen ihr Großvater sich Notizen gemacht hatte. Als Natalie eintrat, knarzten die Dielen unter ihren Füßen. Auf dem Boden lagen Bücher und wissenschaftliche Artikel aus verschiedenen akademischen Zeitschriften. Sie erkannte französische und deutsche Titel, sogar einige Klassiker: Plutarch, Lucretius, Tacitus. Das geballte Wissen verschiedener Zivilisationen.

Ungefähr in der Mitte der Wand hingen Bilder, die sie sofort erkannte. Es waren Fotos von der unterirdischen Kammer, die sie und Giles in Nabta Playa gefunden hatten, mitten in der Wüste Ägyptens. Die Bilder zeigten die Prophezeiungen, die Idris Khalil in den Sternen gesehen und eigenhändig aufgemalt hatte. Inzwischen war die Höhle zerstört, vernichtet vom Mysterium von Eris, doch Natalies Großvater war es zuvor gelungen, die Zeichnungen zu fotografieren. Vor dem letzten Gemälde, das sie damals im Kerzenschein betrachtet hatte, verharrte Natalie: Idris' Darstellung der Apokalypse. Sie zeigte eine maskierte Gestalt in einer Robe, aus deren Fingerspitzen Feuer schoss und zu deren Füßen Tote und Ruinen lagen. Obwohl das Bild grob war und die Farben verblichen, schauderte Natalie vor Grauen. Ihr fiel die Prophezeiung ein, die Khalil vor fünfhundert Jahren Caterina de Medici in Frankreich überbracht hatte. Nachdem Natalie seine Worte hundertmal gelesen hatte, konnte sie sie inzwischen auswendig. Ihre Lippen bewegten sich, als sie leise vor sich hin flüsterte …

»Fünfhundert Jahre später wird Eris erneut zuschlagen, mächtiger und zorniger. Und sie wird das Leben von der Erde löschen, ohne Mitleid oder Gnade. Ihr Chaos wird alles vernichten. Erscheinen wird sie als Kind von Bastet, der Todesbotin, der Ausgeburt von Krieg und Streit. Kein Mensch wird ihrer Herrschaft von Zwietracht und Tod entkommen – es sei denn, du, meine Nachfahrin, hast Erfolg. Ich muss achtsam sein, falls diese Worte in die falschen Hände fallen. Doch höre: Das Schicksal wird sich wiederholen. Die drei Omenschriften …«

Hinter ihr erklangen Schritte. Als sie sich umdrehte,

stand ihr Großvater mit zwei dampfenden Tassen in der Tür. Er zitierte die Worte mit ihr:

»*Die drei Omenschriften, aufgezeichnet zum Untergang dreier Zivilisationen, werden dich leiten. Du musst deine Zivilisation davor bewahren, als vierte und letzte zu stürzen.*« Lächelnd reichte er ihr eine Tasse. »Hier, für dich.«

Während Natalie das warme Getränk schlürfte, betrachtete sie die Bücher und Papiere auf dem Boden. »Schon auf irgendwas gestoßen, was verraten könnte, wo die drei Omenschriften sind?«

Er schaute sich im Zimmer um und wich ihrem Blick aus. »Noch nicht.«

»Vielleicht ... kann ich helfen?«, schlug Natalie vor. »Ich könnte im Aither ...«

»Nein«, unterbrach er sie. »Das ist zu gefährlich.«

Natalie wusste, dass er sich Sorgen um sie machte, trotzdem war es unlogisch. Sie war eine der wenigen Kassandren mit dem Nous, der Fähigkeit, ganz ohne Schutzrituale in den Aither blicken zu können. Es war, als hätte ihr Geist einen direkten Zugang.

»Gefährlicher, als in aller Seelenruhe auf den Weltuntergang zu warten? Ohne meinen Traum wüssten wir nicht einmal, dass sich das Mysterium von Eris mit Ninia Kane getroffen hat.«

Ihr Großvater stellte seine Tasse auf das Bücherregal und berührte sie sanft an den Schultern. »Natalie, ich werde deine Sicherheit um *nichts* in der Welt aufs Spiel setzen. An diesen Krieg habe ich bereits genug verloren.«

Sie wusste, dass er nicht nur von seinem einzigen Sohn Matthew, Natalies Vater, sprach, sondern auch von ihrer Mutter. Als Natalies Dad den Verstand verloren hatte, war sie nicht damit fertiggeworden und fortgelaufen, um alles Vertraute und jeden Bekannten hinter sich zu lassen. Der Gedanke daran tat Natalie noch immer weh, daher vermied sie ihn, so gut es ging.

Sie überlegte, ob sie ihrem Großvater von der Stimme erzählen sollte, die sie aufgefordert hatte, tiefer in den Aither einzutauchen. Wenn sie sich die Bücher und die herumliegenden Nachforschungen so ansah, hatte er allerdings auch so schon einiges am Hals. Außerdem machte er sich genug Sorgen um sie, und Natalie wusste, dass sie die geheimnisvollen Bedeutungen, die sie im Aither erahnte, selbst enträtseln musste. Immerhin war *sie* das Orakulum. Diese Bürde musste sie allein tragen.

»Warum gehst du nicht wieder zu Bett?«, schlug er vor.

Natalie sah ihren Großvater an.

»Okay. Gute Nacht, Granddad.«

Während sie das Zimmer verließ, bückte er sich bereits ungelenk nach der nächsten Bücherkiste. Ihr Granddad war sein Leben lang Akademiker gewesen, hatte Karriere gemacht als Dozent an den besten Universitäten und als Moderator mehrerer Fernsehprogramme über Archäologie und Geschichte. Die Wissenschaften der Toten. Erst vor Kurzem hatte Natalie vom eigentlichen Schwerpunkt seiner Nachforschungen erfahren: dem Schicksal. Durch einen Vortrag im Observatorium von Greenwich in London vor der Royal Society war er in den Augen der anwesenden Gelehrten vom gefeierten Wissenschaftler zum Spinner abgestiegen. Er hatte versucht, der Welt vom Orakulum zu erzählen und Kontakt mit dem Orphischen Mysterium aufzunehmen, weil er gehofft hatte, seine Anhänger könnten dabei helfen, Natalie zu beschützen und ihre Kräfte kontrolliert zu entfesseln. Er wusste, dass man sie verfolgte. Und er hatte sich nicht getäuscht. Noch während der Saal ihn ausbuhte, hatten plötzlich die Anhänger von Eris angriffen und ihn entführt. Schar hatte von Professor Hardakers Entdeckungen Wind bekommen und wollte dieses Wissen nutzen, um das Mysterium von Eris mächtiger zu machen und Chaos über die Welt zu bringen. Es war eine grausame Ironie des Schicksals, dass Schars Ruf sich erholt hatte, nachdem seine Anwälte ihn offiziell für unschuldig erklären ließen, während der Ruf von Professor Hardaker unerbittlich litt. Er hatte alles zurücknehmen müssen, was er in seiner Ansprache in Greenwich gesagt hatte, und ließ in einer Presseerklärung verbreiten, dass er aufgrund eines Nervenzusammenbruchs Wahnvorstellungen gehabt hatte. Seine Produzenten bei der BBC überlegten dennoch, ob sie seine Sendung absetzen sollten. Sie wollten vermeiden, mit solchen »Verschwörungstheorien« in Zusammenhang gebracht zu werden.

Auf dem Weg in ihr Zimmer hielt Natalie beim Anblick der schmalen Holztreppe, die zum Dachboden führte, kurz inne. Ihr Kopf pochte, als wollte etwas darin unbedingt heraus. Fast konnte sie erneut die Stimme in ihrem Kopf hören.

Nachdem sie sicher war, dass ihr Großvater ihr nicht nachsah, schloss sie laut ihre Zimmertür und schlich anschließend die Stufen hinauf. Oben angekommen, entriegelte sie die Tür zum Speicher und öffnete sie. Hier oben war die Luft warm, und durch zwei viereckige Dachfenster leuchtete der Nachthimmel herein. Das Licht reichte ihr aus, um sich zurechtzufinden, daher verzichtete sie darauf, die nackte Glühbirne einzuschalten.

Als sie ein Baby gewesen war, hatte der Dachboden ihr als Kinderzimmer gedient, aber jetzt war er nur noch eine Abstellkammer. Aus Kisten quollen ihre alten Spielsachen, und vom Deckenbalken baumelte das Mobile, das früher über ihrer Wiege gehangen hatte. Es war eine Kugel, deren eine Hälfte die Sonne, die andere den Mond zeigte. Natalie stupste es an und sah zu, wie es sich drehte.

An der Wand hingen Fotos von ihr als Baby – und von ihren Eltern. Sie wünschte, sie könnte sich an diese Zeit erinnern. Doch das Glück hatte nur wenige Monate angehalten, bevor ihr Vater seinen Zusammenbruch erlitten hatte. Sich das vorzustellen, war wirklich schwer – auf den Fotos wirkte er so fröhlich. Aber Natalie wusste nur zu gut, dass der Geist eine zerbrechliche und rätselhafte Angelegenheit war.

Unter dem Dachfenster stand ihr abgedecktes Teleskop. Es war Natalies wertvollster Besitz und gemeinsam mit ihnen aus London hierher umgezogen. Vor zwei Jahren hatte sie es von ihrem Großvater zum Geburtstag bekommen und seitdem unzählige Stunden damit verbracht, den Himmel abzusuchen, Sternbilder zu beobachten, Asteroiden zu verfolgen und von allen Planeten und Sternbildern die Namen und die historische Bedeutung zu lernen. Ihr Großvater war davon überzeugt, dass man die Menschheit nirgends besser verstehen lernen konnte als in den Sternen – durch die Geschichten, die sich die Menschen im Lauf der Jahrtausende zu diesen fernen Lichtpunkten ausgedacht hatten. Auch ihre Mutter, Elodie D'Anjou, hatte die Sterne beobachtet. Von ihr hatte Natalie ein handgezeichnetes *Sternenbuch* geerbt.

Ich sollte wieder runter …

Doch sie konnte nicht. Der Druck in ihrem Kopf nahm zu. Es war, als drängten ihre Kräfte darauf, eingesetzt zu werden. Wie von selbst bewegten sich ihre Füße zum Teleskop. Vorsichtig entfernte sie die Abdeckung. Würde ihr Großvater sie jetzt erwischen, wäre er außer sich.

Aber ich kann nicht einfach nur dumm rumsitzen und Däumchen drehen.

So leise wie möglich öffnete sie das Fenster, drehte das Teleskop zum Himmel und schaute durch den Sucher. Sobald sie die Linse eingestellt hatte, spürte sie den vertrauten Sog des Aithers, und der Schmerz in ihrem Kopf wurde von einer tröstenden Wärme abgelöst.

Zuerst suchte sie das Sternbild Taurus – den Stier. In seiner Mitte brannte der rote Gigant Aldebaran. Gewalt drohte, und zwar durch Johann Schar, den Träger der Stiermaske. Doch links von Taurus schien ein anderer Stern wesentlich heller als sonst zu pulsieren. Es war Thuban in der Konstellation Draco – dem Drachen. Eigentlich war es völlig unmöglich, trotzdem verließ er langsam seinen Platz im Schwanz des Drachen und schwebte über den Nachthimmel. Natalie blinzelte, doch der seltsame Sternentanz ging weiter. Auch Orion, der Jäger mit Gürtel und Bogen, setzte sich in Bewegung und schlug eine neue Laufbahn ein. Parallel zueinander umkreisten Thuban und Orion einen funkelnden Punkt: Sirius, den Hundsstern in der Konstellation Canis Major, den jeder Hobbyastronom identifizieren konnte, weil es der hellste Stern am Nachthimmel war. Gebannt sah Natalie zu, wie die Umkreisungen immer schneller wurden, bis die beiden Sterne nur noch ein undeutliches, wirbelndes Strahlen waren. Im Kopf hörte sie entfernte Schreie, die mit jeder Umkreisung lauter wurden. Thuban verwandelte sich in eine Schlange, die sich mit der Zunge über die Fangzähne leckte, während sie sich immer schneller drehte.

Dann hörte Natalie sie. Die Stimme. Das Flüstern einer Frau, das immer lauter wurde und direkt in ihrem Kopf erklang.

Du musst tiefer eintauchen, Natalie. Tiefer …

Mit blauen und silbernen Lichtblitzen explodierte Sirius. Vor dem Tiefschwarz des Weltraums erbebten die Sterne und verschwanden schließlich ganz. Keuchend sah sie im Nachleuchten ein Gesicht: einen jungen Mann mit dunklen, zerzausten Haaren und einem leichten Bartansatz, der ins Leere starrte. Ein entsetztes Schaudern lief ihr über den Rücken.

»Dad?«

Obwohl er wesentlich jünger wirkte, war eine Verwechslung ausgeschlossen. Doch bevor sie genauer hinsehen konnte, war das Gesicht fort.

Übrig blieb ein einziger leuchtender Punkt – wie ein starrendes Auge, das Natalie musterte. Doch es war kein Stern, und eigentlich hätte er überhaupt nicht sichtbar sein dürfen.

Eris.

Endlich wandte Natalie den Blick ab.

KAPITEL 2

SIRIUS

Der Hundsstern in der
Konstellation Canis Major.
Großes Leid wird kommen.

Die Bibliothek von Harvard war ein magischer Ort. Durch das gewaltige Deckengewölbe aus dicken Holzbalken wirkte sie wie eine Kirche. Das Rascheln von Papier und das leise Flüstern verstärkten den Eindruck einer heiligen Stätte, in der die Stille regierte.

Natalie war mit Abstand die jüngste Besucherin – ihr Großvater hatte es dank seiner langen Geschichte mit der Universität bewerkstelligt, ihr einen Gastausweis zu organisieren. Sie hatte ihm erzählt, dass sie ihren Teil zur Jagd nach den Omentexten beitragen wollte. In Wahrheit wollte sie einfach nur dringend raus aus der Wohnung. Nach dem Vorfall mit dem Teleskop, den sie für sich behalten hatte, brauchte sie Zeit zum Nachdenken. Was daran so gar keinen Sinn ergab, war das Gesicht ihres Vaters. Sie war sicher, dass sie es gesehen hatte. Doch was war seine Bedeutung? Wie hing er damit zusammen?

Wie sich herausstellte, konnte Natalie dem Orphischen Mysterium nirgendwo völlig entkommen. Einer von Lionel Thwaites' Leibwächtern hatte sie in der U-Bahn begleitet und beschattete nun jede ihrer Bewegungen in der Bibliothek. In Anzug und dunkler Brille stand er etwa drei Meter abseits und zog die neugierigen Blicke der Studenten auf sich, die an den Lesepulten saßen. Natalie gab sich Mühe, ihn nicht zu beachten, und konzentrierte sich auf ihr Sternenbuch. Auf jede Seite hatte Natalies Mutter Sternbilder oder einzelne Sterne gezeichnet und ihre verschiedenen Bedeutungen notiert.

Als Natalie in dem Buch blätterte, fiel ihr Blick auf die

vertrauten Überschriften für die Sternbilder und die Listen mit möglichen Interpretationen. Sogar Fußnoten gab es, die auf andere Sternbilder verwiesen – wenn man gleichzeitig andere Sichtungen machte, konnte sich die Bedeutung eines Sternbilds völlig ändern.

Natalie schlug die Bedeutung von Thuban nach. Er war früher einmal der Polarstern gewesen und hatte die astrologische Haupt-Bedeutung *Du näherst dich deinem Ziel.* Aber heute zog eine andere Bedeutung ihre Aufmerksamkeit auf sich: *Der hellste Stern im Sternbild Draco. Eine Schlange wird zum Vorschein kommen.* Sie musste an die Schlange in ihrer Vision denken.

Orion, das wusste Natalie bereits, war der Jäger. Für sie war er wie ein Wegweiser gewesen – das Sternbild hatte ihr gezeigt, wohin sie gehen musste. Doch wie die meisten Omen hatte er mehrere mögliche Bedeutungen. So war Orion auch aufgetaucht, als Natalie selbst gejagt wurde – von Anath, einer Anhängerin des Mysteriums von Eris. Beim Gedanken an Anaths Tod, daran, wie sie in Paris vom Dach gestürzt war, musste Natalie schlucken. Es war das erste Mal gewesen, dass sie mitangesehen hatte, wie jemand ums Leben kam, und diese Erinnerung würde sie nicht mehr loswerden, solange sie lebte.

Der Eintrag zu Sirius war düster. Ihre Mutter hatte notiert, dass der Hundsstern *großes Leid* ankündigte. Und auch den anderen Büchern zufolge, die Natalie gelesen hatte, brachte der Stern immer Unglück. Sie meinte, etwas Ähnliches auch in Homers *Ilias*, dem antiken griechischen Epos über den Trojanischen Krieg, gelesen zu haben. Sie schlug in der Übersetzung die Stelle auf, an der der Krieger Achilles sich der Stadt Troja nähert.

Sirius erhebt sich spät am dunklen, schillernden Himmel
der Sommernächte. Stern aller Sterne,
Orions Hund nennt man ihn, Hellster von allen.
Doch ist er ein böses Omen, das Hitze und Fieber bringt,
die Menschheit zu plagen.

Etwas Böses war also im Anmarsch, und nach ihrer Vision tippte Natalie darauf, dass das Mysterium von Eris dafür verantwortlich war. Jetzt wünschte sie doch, sie hätte sich vom Dachboden ferngehalten. Streng genommen hatte sie nichts Neues erfahren, dabei aber die Aufmerksamkeit ihrer Feinde auf sich gezogen.

Das Smartphone in ihrer Tasche vibrierte. Sie nahm es heraus. Giles hatte ihr eine Nachricht geschickt.

Hab eine Überraschung für dich …

Sie lächelte. Typisch Giles Mountford. Immer musste er sich aufspielen. Wahrscheinlich hockte er in seinem englischen Internat gerade in einer langweiligen Unterrichtsstunde. Jahrelang hatte sie ihn auf den Tod nicht ausstehen können und ihn für einen bescheuerten Schnösel gehalten, der sich nur für sich selbst interessierte. Doch jetzt wusste sie, dass fast alles nur Fassade war – seine persönliche Art, mit den Tiefschlägen in seinem Leben klarzukommen. Sie schrieb zurück.

Ich hasse Überr…

Jemand warf ihren Bücherstapel um.

»Hey!«

Als sie aufblickte, stand Giles neben ihr.

»Überraschung!«, sagte er.

Mehrere Studenten sahen verärgert zu ihnen hinüber. Gleichzeitig trat der Bodyguard des Orphischen Mysteriums stirnrunzelnd auf sie zu. Weit kam er allerdings nicht, denn ein Mann legte eine Hand um sein Genick und trat ihm in die Kniekehlen. Es war Romain, Giles' Leibwächter. Einige der Studenten in der Nähe huschten verlegen davon.

»He, er gehört zu uns!«, sagte Natalie.

Giles grinste und nickte Romain zu, der den – inzwischen rot angelaufenen – Mann wieder losließ.

»Pardon«, entschuldigte sich Romain.

Natalie klaubte ihre Sachen zusammen. »Na los, hauen wir ab, bevor man uns rausschmeißt.«

Der Bodyguard des Orphischen Mysteriums wusste nicht recht, wie er sich verhalten sollte, und blieb auf Abstand, als sie zurück zur U-Bahn liefen. Immer wieder warf Romain einen finsteren Blick über die Schulter, was den Mann im Anzug dazu brachte, noch weiter zurückzufallen.

»Was machst du denn hier?«, fragte Natalie. »Solltest du nicht in England im Internat sein?«

Giles kicherte. »Es ist *möglich*, dass ich geflogen bin.«

»Nach nur zwei Wochen?«

»Ich hab's wohl drauf angelegt«, erklärte Giles. »Was bringt es denn, Altenglische Literatur zu pauken, wenn der Weltuntergang bevorsteht?«

Natalie schaute sich um, um sicherzugehen, dass keiner ihn gehört hatte.

»Und wie findet Lionel das?«

Lionel Thwaites war Giles' gesetzlicher Vormund – ein alter Freund seiner Eltern, die vor etwa sechs Jahren ums Leben gekommen waren. Laut Thwaites hatte das Mysterium von Eris ihren Hubschrauber sabotiert, der daraufhin abgestürzt war. Giles hatte Thwaites nie leiden können und ihn für einen Erbschleicher gehalten, der es auf das riesige Vermögen von Giles' Familie abgesehen hatte – ein Vermögen, das Giles Möglichkeiten bot, von denen andere Teenager nur träumen konnten. Doch inzwischen hatte er begriffen, dass Thwaites ein guter Kerl war. Und obwohl Giles' Gegenwart für Thwaites eine ständige Erinnerung daran war, dass er den Tod seiner Eltern nicht hatte verhindern können, schienen die beiden sich langsam miteinander anzufreunden.

»Er sagt, ich muss mir einen Privatlehrer zulegen«, antwortete Giles, »aber ich glaube, eigentlich war es ihm ziemlich egal. Er ist gerade mit anderen Sachen beschäftigt. Das Orphische Mysterium will, dass er bei deinem Granddad vorbeischaut und nachfragt, wie die Suche nach den Omentexten so läuft.«

Natalie dachte an das unordentliche Arbeitszimmer. »Er arbeitet daran.« Nach einer Pause fügte sie hinzu:

»Ehrlich gesagt, bin ich froh, dass du da bist. Ich brauche deine Hilfe.«

Während sie auf die Bahn warteten, erzählte sie ihm von ihrem Traum und der Vision in den Sternen. Sie hatte erwartet, dass er aufgeregt sein würde, stattdessen runzelte er besorgt die Stirn.

»Ich dachte, du sollst nicht in den Aither schauen«, sagte er.

»Ich kann nicht anders. Außerdem glaube ich, dass dort die Antworten versteckt sind.« Sie überlegte, ob sie ihm auch von der geheimnisvollen Stimme berichten sollte, entschied sich aber dagegen. Irgendwie war es zu … persönlich.

»Du solltest aufpassen.« Giles sah sie voller Sorge an, ganz ohne seinen gewohnten Spott. Einerseits fand sie das irgendwie rührend, andererseits brachte es sie aus der Fassung.

»Idris Khalils Prophezeiung war für mich bestimmt«, sagte Natalie, als die U-Bahn einfuhr und sie mit ihrem Getöse fast übertönte. »Er meinte, *ich* sei der Schlüssel, um den Weltuntergang zu verhindern. Das kann ich nicht einfach so ignorieren.«

Als sie in der Wohnung ankamen, war Professor Hardaker nicht da. *Wahrscheinlich mit Lionel Thwaites unterwegs*, dachte Natalie. Dem Orphischen Leibwächter, der mit ins Apartment kommen wollte, erklärte Natalie höflich, dass er genauso gut draußen warten könnte. Und um jeden Zweifel auszuschließen, verstellte Romain ihm den Weg. Anschließend gingen Natalie und Giles ins Arbeitszimmer. Als Giles die Papiere und Bücher sah, die wild herumlagen, verzog er das Gesicht.

»Die Antworten sind also hier … irgendwo?«

»Legen wir los!« Natalie setzte sich mit einem Buch über antike Schriften auf den Boden.

Mehr als eine Stunde lang wälzten sie Seite um Seite, doch Giles wurde schnell langweilig. Schließlich schlenderte er zu der Wand mit den Bildern und zeigte auf die Fotografien aus der Nabta-Playa-Höhle. »Das sind die Zeichnungen von Idris Khalil, richtig?«

»Mh-hm. Mein Großvater hat sie abgelichtet, als er zum ersten Mal dort war. Aber lenk mich nicht ab, Giles, wir müssen weitersuchen.“

»Klar, sicher, ich brauch nur 'ne kleine Pause.« Er stützte sich gegen den Fensterrahmen. »Die Zeichnung von der Apokalypse hat's echt in sich. Irgendwie bekomme ich dabei immer Gänsehaut. Der Typ mit der Maske, der das ganze Feuer verschießt. Glaubst du, es wird wirklich jemand Feuer verschießen oder ist das mehr so was wie eine Metapher? Ehrlich gesagt, würde ich das ja echt gerne sehen. Feuer verschießen können, das wäre schon was – wie ein Superheld!«

»Giles! Ich versuche hier, mich zu konzentrieren!«, fuhr Natalie ihn an.

Giles hielt beschwichtigend die Hand hoch. »Ist ja gut. Nur die Ruhe.« Gerade als Natalie sich wieder den

Notizen zuwenden wollte, meinte Giles plötzlich: »Hey, ist das da nicht Orion?« Er deutete auf drei verblichene Punkte im oberen Abschnitt eines der Fotos. Bisher waren sie Natalie gar nicht aufgefallen. Sie sahen eher aus wie Schmutz- oder Farbflecken als wie Sterne. Doch als sie näher trat, musste sie einsehen, dass Giles recht hatte. »Wie in der Vision, die du durchs Teleskop gesehen hast.«

»Da könnte was dran sein …«

»War das Internat wohl doch kein rausgeschmissenes Geld«, sagte er selbstgefällig.

Natalie fuhr mit dem Finger über die Abbildung. »Und das hier ist Sirius«, sagte sie und zeigte auf einen anderen Stern. »Und hier: Thuban. Alle drei Sternbilder aus meiner Vision.«

Ihr Herz schlug schneller, als sie in einem Foto weiter oben ein ganz ähnliches Muster erkannte, wenn auch leicht zur Seite geneigt.

»Hier sieht man sie auch«, stellte sie fest.

»Und hier!« Giles deutete auf ein drittes Bild.

In allen dreien standen Orion, Sirius und Thuban am Nachthimmel.

Natalie erinnerte sich an Idris' Prophezeiung. *Die drei Omenschriften, aufgezeichnet zum Untergang dreier Zivilisationen, werden dich leiten. Du musst deine Zivilisation davor bewahren, als vierte und letzte zu stürzen.*

Könnte Idris hier einen Hinweis hinterlassen haben? Zeigte er ihr, wo die Omentexte versteckt waren? Es gab drei Zeichnungen und drei Omenschriften. Und wenn der

Untergang der modernen Zivilisation bevorstand, machte es nur Sinn, dass am Himmel dieselben Vorzeichen erschienen wie damals, als man die Omentexte verfasst hatte. Bevor die drei früheren Zivilisationen gefallen waren. *Das Schicksal wiederholt sich*, wie Khalil geschrieben hatte.

»Diese Bilder verraten bestimmt, wo die Omenschriften sind«, sagte sie.

»Klasse!«, meinte Giles. »Und wo soll das sein?«

Natalie kehrte zum ersten Bild zurück. Darauf war ein Gebäude aus dicken viereckigen Türmen zu sehen, das babylonisch oder ägyptisch wirkte. Auf den kurzen Säulen hockten Geier. Irgendwie kam es ihr bekannt vor, doch Natalie wusste nicht genau, woher. Sie trat von der Wand weg und ging die Bücher ihres Großvaters durch, bis sie einen Bildband über ägyptische Tempel gefunden hatte. Sie blätterte los, und nach kurzer Zeit begann sie zu grinsen.

»Das ist Philae!«, sagte sie und drehte das Buch, sodass Giles es sehen konnte.

»Nie davon gehört.«

»Eine Tempelanlage auf einer Insel in einem Zufluss zum Nil. Man kennt sie als den Ort, an dem die antike Kultur Ägyptens starb – als den Ort, an dem die letzten Hieroglyphen aufgeschrieben wurden. Die Anlage wurde von den Griechen und den Christen überrannt und ziemlich übel verunstaltet. Natürlich! Genau wie Khalil sagte: *drei Omenschriften, aufgezeichnet zum Untergang dreier Zivilisationen.* Philae *muss* der erste Ort sein.«

»Du bist echt gut!« Giles grinste.

Die Wohnungstür öffnete sich.

»Natalie?«, ertönte die Stimme ihres Großvaters. Sie hörten seinen Gehstock im Flur.

Natalie und Giles wechselten einen vielsagenden Blick. »Wir sollten ihn wahrscheinlich einweihen«, meinte Giles, allerdings mit wenig Überzeugung.

Professor Hardaker steckte den Kopf ins Zimmer. »Hallo, junger Mann«, begrüßter er Giles. »Ich habe mich gerade mit Lionel unterhalten.«

»Hi, Prof!«, sagte Giles.

Natalies Großvater verengte die Augen. Sie wusste, dass er es nicht ausstehen konnte, wenn man ihn so nannte. »Was treibt ihr denn hier?«

Natalie sah Giles schuldbewusst an. »Ach, nichts weiter«, antwortete er. »Wir haben nur …« Er schaute sich um und schnappte sich dann ein Buch. »… das hier gesucht.«

Avery lächelte ungläubig. »Die *Nikomachische Ethik* von Aristoteles?«

»Es geht um eine Wette«, sagte Natalie schnell. »Na, dann lassen wir dich mal in Ruhe weitermachen.«

Sobald sie aus dem Zimmer waren, redete Natalie sich ein, dass sie ihren Großvater streng genommen gar nicht angelogen hatte, sondern nur seine Gefühle nicht verletzen wollte. *Wenn ich ihm von den Sternbildern in den Fotos erzähle, weiß er, dass ich meine Kräfte eingesetzt habe. Dann macht er sich nur noch mehr Sorgen …*

KAPITEL 3

MAGHĀ

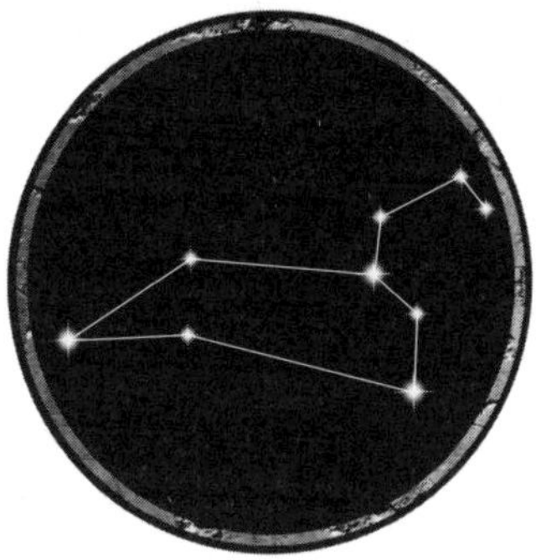

Ein sanskritisches Mondhaus,
das »Vater« symbolisiert.
Der Vater wird eine wichtige Rolle spielen.

Du musst nicht mitkommen«, sagte Natalie zu Giles, als sie sich auf einem vom Schnee befreiten Weg dem feierlichen alten Gebäude näherten. Heute war keiner der Patienten im Freien zu sehen.

Giles lächelte – ehrlich und freundlich. »Du musst nicht alles alleine durchstehen«, sagte er. »Ich helfe gerne.«

»Das meine ich gar nicht«, entgegnete Natalie. »Es ist nur, na ja, mein Dad ist nicht gerade normal.«

»Hey, immerhin hast du einen!«

Voll ins Fettnäpfchen!, dachte Natalie.

»Tut mir leid«, sagte sie. »Ich wollte nicht …«

»Ich weiß«, sagte Giles. Natalie drückte auf die Klingel am Haupteingang, wo ein Schild hing mit der Aufschrift: *Psychiatrie Cambridge*. »Aber denkst du wirklich, er kann uns helfen?«

Natalie war sich selbst nicht sicher, was es bedeutete, dass er in ihrer Vision erschienen war. Aber mit Zufällen gab sich der Aither nicht ab. Ihr Vater spielte irgendeine wichtige Rolle, da war Natalie ganz sicher. Sie dachte an die Stimme, die nach ihr gerufen hatte. Bestimmt wollte sie sie zu ihrem Vater führen.

Sie trugen sich am Empfang ein, bevor eine Krankenpflegerin sie durch eine Sicherheitstür winkte.

»Matthew ist im Aufenthaltsraum«, sagte sie. »Leider geht es ihm heute nicht besonders gut.«

Nicht besonders gut stand für bockig und stur. Dann weigerte Matthew Hardaker sich, sich zu bewegen oder in irgendeiner Form zu kommunizieren.

Dafür freute Natalie sich, dass er im Aufenthaltsraum war. Das Zimmer, das ihr Vater bewohnte, war einfach und schlicht, nicht wesentlich anders als eine große Zelle. Der gemeinsame Wohnbereich dagegen war voller Farben, Pflanzen und fröhlicher Bilder. Sie erspähte ihren Vater sofort. Er saß in der hinteren Ecke in einem Lehnsessel nahe den Fenstern und starrte nach draußen. Sie wandte sich noch einmal an Giles.

»Du musst wirklich nicht …«

Er berührte ihren Arm. »Ich will aber.«

Sie gingen über den Teppich, vorbei an anderen Patienten, die Bücher lasen, Kreuzworträtsel lösten oder einfach umherspazierten. Die psychiatrische Klinik beherbergte viele ungefährliche Kranke, die sich nicht mehr um sich selbst kümmern konnten.

Als Natalie auf den Lehnsessel zutrat, sagte sie leise: »Hi, Dad.«

Er drehte sich zu ihr um, und obwohl sie sich sehnlich wünschte, dass seine Augen anfangen würden zu leuchten und dass sich auf seinen Lippen ein Lächeln ausbreiten würde, passierte es nie. Er schaute einfach wieder weg. Sein Gesicht schien seit ihrem letzten Besuch um mindestens ein Jahr gealtert zu sein. Gewicht hatte er auch verloren – seine Wangenknochen traten kantig hervor, und seine Augen waren eingesunken.

»Das ist Giles, Dad«, stellte sie vor.

Matthew Hardakers Lippen bewegten sich, als würde er leise vor sich hin flüstern.

Natalie zog einen Stuhl heran und setzte sich vor ihn. Er schien geradewegs durch sie hindurchzusehen. »Dad«, fing sie an. Nun, da sie wirklich da war, wusste sie nicht, was sie sagen sollte. *Hey, Dad, hast du irgendwie was mit der Apokalypse zu tun?* »Ich muss mit dir reden«, sagte sie dann. Er reagierte nicht, doch sie hatte den Eindruck, dass er sie hören konnte. »Ich habe dich im Aither gesehen, dich und Visionen von der Zukunft, einer wirklich schrecklichen Zukunft. Ich verstehe das alles nicht …« Sie verstummte. *Das hat keinen Sinn,* dachte sie. Natalie seufzte. Es war für sie schon immer schwer gewesen, die richtigen Worte zu finden, wenn sie hier herkam. Meistens fand sie es dann am leichtesten, ihre Sorgen einfach auszusprechen. »Dad … Ich wünschte, du könntest mir helfen. Ich will Granddad nicht hintergehen, aber ich glaube, mir bleibt nichts anderes übrig. Ich muss die Omentexte finden. Weißt du, Idris Khalil meinte, ich sei diejenige, die diese Apokalypse aufhalten muss. Und ich glaube, dazu muss ich ein paar Risiken eingehen.« Sie griff nach seiner Hand und legte ihre Finger auf seine. Sobald sie seine Haut streifte, fühlte sie plötzlich das Knistern des Aithers, und sein Blick konzentrierte sich auf sie. Sein Murmeln wurde lauter.

»Meine Tochter Janus, nichts stirbt, verändert sich nur. Du musst wählen, welche Maske du trägst.«

Natalie atmete hastig ein und sah, dass Giles sie mit hochgezogener Augenbraue neugierig beobachtete. Er konnte es nicht wissen, doch es war das erste Mal überhaupt, dass Matthew Hardaker irgendwie zeigte, dass er mit Natalie verwandt war – das erste Mal, dass er sie als Tochter ansprach. Mit einem Mal war sie ganz kribblig und schwindelig vor Aufregung. Natalie beugte sich nach vorn.

»Wie bitte, Dad?«

»Meine Tochter Janus, nichts stirbt, verändert sich nur. Du musst wählen, welche Maske du trägst.«

Er sprach mit Nachdruck, wie bei einer Beschwörung, und sie bekam den Eindruck, dieselben Worte habe er schon den ganzen Vormittag über gemurmelt. Natalie spürte, wie sich ihr Nous ganz automatisch in den Aither einklinkte, um instinktiv die Zukunft zu lesen. Sie erfühlte, was kommen würde: Gefahr, Schrecken – Hoffnung. Überall um sie herum pulsierte der Aither, unsichtbar und doch mächtig.

»Meine Tochter Janus, nichts stirbt, verändert sich nur. Du musst wählen, welche Maske du trägst.«

Natalie wollte sich vom Aither führen lassen, verstehen, was diese Worte bedeuteten. Sie schienen kraftvoll, als würden sie bis weit in die Zukunft hineinklingen. »Ich weiß nicht, was du mir sagen willst«, flüsterte sie und wünschte, er würde aufhören.

Seine Finger griffen nach ihren, fest und unnachgiebig. Sie wollte sich losmachen, schaffte es aber nicht.

»Meine Tochter Janus, nichts stirbt, verändert sich nur. Du musst wählen, welche Maske du trägst.«

Seine Stimme klang eindringlicher, fast panisch.

»Dad, du tust mir weh«, sagte Natalie. »Lass los.«

Plötzlich schoben sich dunkle Ränder in ihr Sichtfeld, dann zog sie der vertraute Sog in die Tiefe. Hinter dem Sessel ihres Dads wurde der Raum unscharf und trübe, als säße sie am Ufer eines morastigen Sees. Die Geräusche wurden dumpf. Schließlich konnte sie nur noch ihren Vater hören, dessen Worte die dicke Atmosphäre durchdrangen.

»Meine Tochter Janus, nichts stirbt, verändert sich nur. Du musst wählen, welche Maske du trägst.«

In die Beschwörungen ihres Vaters mischte sich eine zweite Stimme, die aus dem Licht drang.

Tauche tiefer ein, Natalie, und erfahre die Wahrheit.

Ihr Vater hielt sie fest, und sie konnte nicht wegrennen. Es wurde dunkel. Natalie konnte nichts mehr sehen. Dann, ganz plötzlich, stand sie in einem hellen Zimmer. Nein, eigentlich stand sie nicht. Irgendwie war sie einfach … *da*. Es war ihr Kinderzimmer im Dachboden des Apartments auf der anderen Seite des Flusses. Doch es war nicht jetzt. Es war damals. Warmes Lampenlicht erhellte den Raum. Eine Wiege stand in der Ecke, und darüber hing das Mobile. Ihr Vater – die jüngere Variante mit dickem braunem Haar, die sie in ihrer Vision gesehen hatte – beugte sich darüber und summte leise. Dann stieß er das Mobile an, das sich drehte. Der blasse Mond und die gelbe, funkelnde Sonne. Natalie kam näher, schwebte durch den Raum. In einem Schlafsack lag ein blubberndes Baby, strampelte mit den Beinen und streckte die pummeligen Hände in die Höhe, als wollte es nach dem Mobile greifen.

»Gute Nacht, Natalie«, sagte ihr Vater.

Plötzlich drehte er sich um. Erst dachte sie, er hätte sie, die ältere Natalie, bemerkt. Doch er blickte nicht zu ihr, sondern zur Tür. Das Geräusch schwerer Schritte drang an ihre Ohren – Schritte, die die Treppe heraufeilten. Die Tür wurde aufgestoßen, und Menschen in Roben strömten ins Zimmer. Sie trugen die rituellen Masken des Eris-Kults.

»Wer sind Sie?«, rief Matthew Hardaker und eilte mit ausgebreiteten Armen zur Wiege. »Was wollen Sie von mir?«

Rasch und unbarmherzig wurde er von den Eindringlingen gepackt. Beim Versuch, sich zu wehren, schlug er einem die Maske aus dem Gesicht. Die Tattoos im Gesicht und auf dem kahl rasierten Kopf der jungen Frau verrieten auf der Stelle, dass es Anath war, die Eris-Anhängerin, die Natalie in Paris getroffen hatte. Sie sah aus, als wäre sie noch nicht einmal achtzehn. Anath schlug Natalies Dad mit der Handkante gegen den Kopf, woraufhin er erschlaffte. Der Letzte, der das Zimmer betrat, trug eine Stiermaske, die er jedoch sofort abnahm. Johann Schar war unverkennbar.

Das Baby in der Wiege fing an zu weinen.

»Bitte«, flehte Matthew Hardaker schwach, »tun Sie ihr nichts.«

Schar betrachtete die Wiege mit kaltem Blick. »Wir

sind keine Monster, Matthew«, sagte er. »Dich wollen wir. Deine Fähigkeiten.«

Natalies Dad machte ein verwirrtes Gesicht. »Ich weiß nicht, wovon du redest.«

Schar nickte Anath zu, die sich hinter Matthew Hardaker stellte und einen Arm um seinen Hals schlang. »Du lügst. Wir haben dich durch den Aither hier aufgespürt. Wir wissen, was du bist, Kassandre.«

Natalies Dad wurde von den Eris-Schlägern festgehalten und hatte Mühe, Luft zu holen. »Ihr habt den Falschen«, presste er hervor. »Wo ist meine Frau – wo ist Elodie? Wenn ihr ihr etwas getan habt …«

Anath drückte fester zu und presste die Luft aus seiner Lunge. Sie legte den Mund an sein Ohr. »Wir werden schon sehen, was in dir steckt.«

Die übrigen Kultanhänger begannen zu singen – es war dieselbe Abfolge von Worten, die Natalie in ihrer Vision von Ninia Kanes Labor gehört hatte. Daher war es keine große Überraschung, als sich mitten im Zimmer ein Tor zum Aither bildete. Anath schloss die Augen, doch Matthew Hardaker verstand ganz offensichtlich nicht, worauf er da starrte. Das Licht spiegelte sich in seinen Augen. Natalie wollte ihm zurufen, dass er wegschauen sollte – dass nur mächtige Kassandren in den Aither blicken durften. Vor Schreck und Schmerz wand er sich, trotzdem schloss er nicht die Augen. Vielleicht konnte er es nicht. Seine Lippen bewegten sich, formten einen Schrei. »Meine Tochter Janus! Nichts stirbt! Verändert sich nur!«

Natalie wollte ihm helfen, wurde aber von einer unbekannten Kraft fortgerissen, weg von der Vision, fort aus dem Raum, fort von den grauenhaften Schreien ihres Vaters und dem weinenden Baby …

»Natalie?«, sagte Giles. »Erde an Natalie! Jemand zu Hause?«

Sie war wieder im Aufenthaltsraum der Heilanstalt, wo sie im Hier und Heute neben ihrem Vater saß. Durchs Fenster strömte Licht. Matthew Hardaker murmelte leise vor sich hin.

»Meine Tochter Janus, nichts stirbt, verändert sich nur. Meine Tochter Janus, nichts stirbt, verändert sich nur. Meine Tochter …«

Sie zog ihre Hand weg. Sofort verstummte er, als hätte man auf Stumm gedrückt. Giles stupste sie an. Auch eine der Pflegerinnen war da und musterte sie besorgt.

»Bist du wieder bei uns?«, fragte er.

»Äh … ja klar«, sagte sie.

»Und geht es Ihnen gut?«, wollte die Schwester wissen.

Natalie bemerkte, dass ihre Wangen feucht waren. Sie hatte geweint.

»Mir geht's gut.« Sie wischte die Tränen ab. Doch der Schrecken ihrer Vision ließ sich nicht so leicht abschütteln. Sie hatten ihren Vater dazu gezwungen, in den Aither zu sehen …! Kein Wunder, dass er den Verstand verloren hatte. Nur die erfahrensten Kassandren konnten so eine Herausforderung meistern. Für einen normalen Menschen war es mehr als gefährlich.

»Was hast du gesehen?«, wollte Giles wissen.

Leise und bruchstückhaft erzählte sie es ihm. »Sie hatten Elodies Kräfte im Aither gespürt und suchten nach einem Seher. Weil Elodie nicht da war, dachten sie, er wäre es.«

»Du weißt doch noch nicht mal, ob es echt war, was du da gesehen hast«, meinte Giles.

»Ach nein?« Sie klang verzweifelt. »Der Aither lügt nicht.«

Sie schlang die Arme um den Hals ihres Vaters und drückte ihn leicht. Er blieb schlaff wie ein Toter, während die Schwester sich zurückzog.

»Ich habe gesehen, was sie mit dir gemacht haben«, wisperte sie. »Es tut mir so, so leid.«

»Vielleicht sollten wir gehen«, schlug Giles vor.

Natalie ließ ihren Dad los und stand auf, traurig und mit schlechtem Gewissen. Ihr Vater stierte mit leerem Blick auf den Boden. *Woran erinnert er sich?*, überlegte sie. Vielleicht an gar nichts, vielleicht an jedes Detail. Der Gedanke war beinahe unerträglich.

»Mach's gut, Dad«, verabschiedete sie sich.

Als er nicht reagierte, sah sie ein, dass jede mögliche Verbindung zwischen ihnen abgerissen war. Wie bei einem überlasteten Stromkreis waren die Lichter erloschen.

Während sie den Aufenthaltsraum verließen, machte ihre Traurigkeit Wut Platz. Sie konnte nicht glauben, was der Eris-Kult ihrem Vater angetan hatte. Vielleicht verstand Giles, was in ihr vorging, denn als sie die Tür erreichten, griff er nach ihrer Hand und sagte: »Das zahlen wir ihnen heim.«

Natalie war ihm dankbar für seine Worte. Und sie dachte an die Frau, die sie zu dieser Vision geführt hatte.

Tauche tiefer ein und erfahre die Wahrheit.

Die Wahrheit kannte sie nun. Stellte sich nur noch die Frage, was sie damit anfangen sollte.

KAPITEL 4

HYDRA

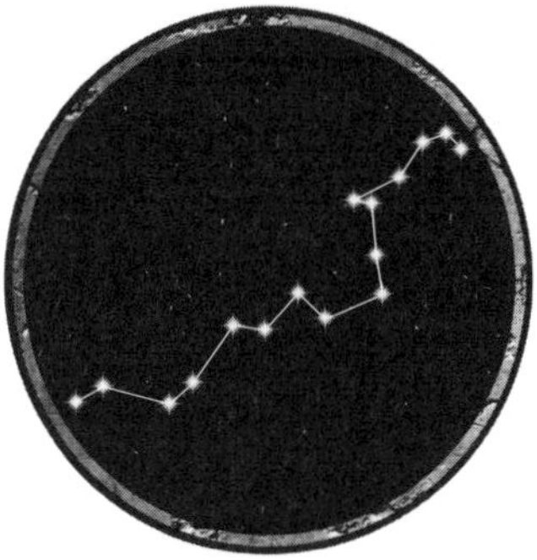

Die Wasserschlange.
Was stirbt, kehrt umso stärker wieder.

Diomedes verließ die prächtige Empfangshalle der Villa und stieg die schmale Dienstbotentreppe hinab. Mit seinem breiten Körperbau füllte er den Platz zwischen den Wänden fast komplett aus. Die alte Spülküche am unteren Ende war anders als das Stockwerk darüber nicht mit kostbaren Teppichen, Holzvertäfelungen und Ölgemälden verziert. Hier war in früheren Tagen die eigentliche Hausarbeit erledigt worden. Im Herd schwelten die glühenden Reste eines Feuers, sodass der Raum in schwaches oranges Licht getaucht wurde. In der Mitte stand ein Tisch aus Stein. Mit nackten Füßen ging Diomedes über den kalten Boden darauf zu.

Im Zentrum des Tischs lag der Schädel einer Kuh, dessen Augenhöhlen ihn zu beobachten schienen. Er nahm ihn in die massigen Hände und erwiderte den starren Blick durch die Öffnungen seiner Maske. Aus den Augenwinkeln konnte er die Spitzen der gewundenen Widderhörner sehen, die seitlich hervorragten.

Seit er den Schläfenknopf von Ninia Kane trug und mit den anderen Anhängern von Eris in den Aither geblickt hatte, fühlte Diomedes sich mächtiger als je zuvor – er war eins mit dem Aither. Die Göttin der Zwietracht hatte ihn gesegnet und ihn auserwählt. Allerdings hatte er auch einen Blick erhascht auf etwas, was ihm Sorgen bereitete – es gab einen *anderen* Seher, der sie beobachtete. Er war so gut wie sicher, dass es das Mädchen war, das seine geliebte Anath getötet hatte, doch er hatte es nicht gewagt, dem Meister davon zu erzählen. Für »Theorien« hatte Johann Schar nichts übrig, und Fehler duldete er nicht. Daher war es nun an der Zeit, Gewissheit zu erlangen.

Diomedes spannte die Muskeln an und spürte, wie Kraft durch seinen Körper floss und sich im festen Griff um den Kuhschädel bündelte. Seine Finger formten sich zu Krallen und drückten zu. Er spürte, wie der Knochen nachgab und zu trockenen Splittern zerbarst, die sich über die Steintafel verteilten. Einige mussten seine Haut geritzt haben, denn Teile der Knochenscherben waren voll Blut. Doch das war ihm egal. Für die Göttin des Chaos würde er seinen letzten Tropfen geben.

Er sah sich an, wo die Teile des Schädels gelandet waren, wie sie sich verbreitet und welche Form sie angenommen hatten. Der Tisch war in Kästchen unterteilt, in die man Bilder von Pflanzen und Tieren, Zahlen und Symbole graviert hatte. Einem ungeübten Auge hätten sie nichts bedeutet, doch einem Kassandre mit Diomedes' Ausbildung offenbarten sich in dem Durcheinander Botschaften. Er spürte den Aither, der alles durchdrang und seine Auslegung leitete. Wieder erahnte Diomedes sie. Das Mädchen. Natalie Hardaker. Ihre Gegenwart war im Aither noch immer zu spüren, wie Rußgeruch nach einem Feuer. Sie war ganz nah.

Diomedes wischte sich die Hände ab und lief eilig aus dem Raum. Oben durchquerte er die Eingangshalle und trat an eine Flügeltür. Mit seiner riesigen Faust klopfte er an.

»Herein!«, rief eine Stimme.

Diomedes gehorchte. Der große gotische Salon war von Kerzen erleuchtet. Als sie am Tag zuvor angekommen waren, war das Haus in tadellosem Zustand gewesen. Doch nachdem der Kult vierundzwanzig Stunden zu Gast gewesen war, sah es etwas anders aus. Die Möbel aus dem neunzehnten Jahrhundert waren voller Blut, genau wie die Wände. Sämtliche Leinwände waren aufgeschlitzt und mit blutigen Symbolen beschmiert. Uralte rituelle Artefakte hatten den Platz zierlichen Porzellans in Vitrinen und auf dem Kaminsims eingenommen. In den Ecken des Salons waren vier Statuen entstellt. Die eingeschlagenen Gesichter wurden von bemalten Masken verdeckt. Ein anderer Mystai, der wuchtige Ladon, lief durch den Raum und schwang ein Räucherfässchen, das die Luft mit Weihrauchschlieren füllte, die griechische Schriftzeichen nachahmten. Sein nackter Oberkörper war voller ritueller Narben – Zeichen dafür, dass er Eris treu ergeben war. Ihre Gefährtin Hekuba wiegte sich in tiefer Trance. Ihr Gesicht war von der Maske eines Schafschädels verdeckt. Es war deutlich, dass sie den Aither bereiste.

Johann Schar stand mit blutgetränkten Ärmeln vor dem Feuer und betrachtete die Überreste eines Tiers, die auf dem kunstvoll gewebten Teppich zu seinen Füßen lagen.

»Was willst du?«, fragte er.

Diomedes näherte sich mit geneigtem Kopf. »Meister, ich spüre das Mädchen ganz in der Nähe. Sie hat wieder den Aither betreten.«

»Glaubst du etwa, das wüsste ich nicht längst?«, fuhr Schar ihn an.

»Natürlich nicht, Meister«, sagte Diomedes. »Es ist nur ... Ich glaube, sie wird stärker. Bei jedem neuen Versuch gelingt es ihr, tiefer in den Aither einzudringen. Ich glaube ... ich befürchte ... dass sie sogar unser Treffen mit Ninia Kane mitverfolgt hat.«

Johann widmete sich erneut den Eingeweiden, kniete sich daneben und legte den Kopf schief.

»Ganz wie geplant«, sagte er.

Dieses Geständnis überraschte Diomedes. Die junge Kassandre war für das Mysterium von Eris die größte Bedrohung seit fünfhundert Jahren. »Das verstehe ich nicht.«

»Nein, wie könntest du?« Schar tunkte den Finger in die Innereien des toten Tiers und hob etwas auf, das wie ein Stück Darm aussah.

»Vielleicht sollten wir uns besser tarnen«, schlug Diomedes vor. Er nickte zu Ladon. »Mein Gefährte und Anhänger von Eris vermag es, uns mit seinem Rauch zu verschleiern.«

Schar ließ den Darm mit einem feuchten Schmatzen zurückfallen, bevor er sich Diomedes zuwandte. »Ich habe dich wegen deiner Muskeln eingestellt, nicht wegen deines Verstands. Wollte ich mich vor dem Mädchen verstecken, dann würde ich das tun. Doch Hekuba kann andere Seher zu uns locken wie ein Magnet. Ich *will*, dass sie uns sieht, denn es wird sie nur noch weiter anziehen. Sie ist jung. Für sie ist der Aither noch Neuland. Während ihre Ängste stetig wachsen, wird sie versucht sein, ihn immer öfter aufzusuchen. Sie wird uns direkt in die Hände spielen.«

»Und ich vermute, der Plan sieht vor, sie zu töten?«, fragte Diomedes. »Nach dem, was sie Anath angetan hat, muss sie sterben.«

Johann Schar lächelte, und Diomedes musste an ein wildes Tier denken. »Es gibt Schicksale, die schlimmer sind als der Tod, mein muskelbepackter Freund.«

Manchmal hätte Diomedes Schar am liebsten am Genick gepackt und wie einen nassen Lappen ausgewrungen. *Immer muss er in Rätseln sprechen!*

»Ruf die anderen zusammen«, fuhr sein Meister fort. »Macht das Mädchen ausfindig. Lasst sie leiden, aber tötet sie nicht. Treibt sie in den Aither wie eine Fliege ins Spinnennetz.«

KAPITEL 5

CORVUS

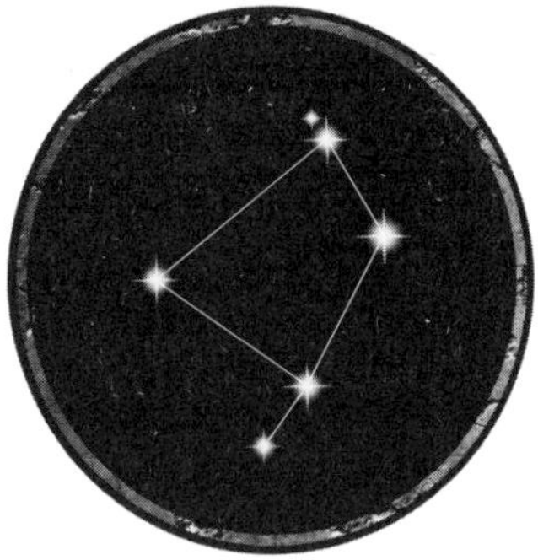

Der Rabe.
Er führt durch Tod und Träume.

Romain wartete mit Giles und dessen Vormund Lionel im Wagen unten auf der Straße, während Natalie sich im Apartment mit ihrem Großvater stritt. Nachdem sie aus dem Krankenhaus zurückgekommen war, hatten im Flur ihre gepackten Koffer auf sie gewartet. Ihr Großvater hatte sie einfach vor vollendete Tatsachen gestellt. Romain sollte sie jetzt sofort zum Flughafen fahren, von wo Lionel Thwaites' Flugzeug sie nach Mexiko City bringen würde. Dort würde die gute Freundin ihres Großvaters, Belinda Estevez, sie abholen. Vor zwei Monaten, bevor Natalie sich mit Kulten und Prophezeiungen herumschlagen musste, hätte es sie gefreut, Belinda besuchen zu dürfen. Doch jetzt empfand sie das genaue Gegenteil.

»Hier ist es nicht sicher«, sagte Avery Hardaker. »Du warst im Aither, möglicherweise hat Eris dich nach deiner Traumversion aufgespürt.«

»Das sagst du immer wieder, aber warum sollte es in Mexiko sicherer sein?«

»Weil sie nicht wissen, dass du dort bist«, erklärte ihr Großvater.

Solange ich mich vom Aither fernhalte, dachte Natalie schuldbewusst. Sie wollte ihrem Granddad von der schrecklichen Wahrheit über ihren Vater erzählen – doch dann müsste sie auch zugeben, dass sie noch einmal in den Aither eingetaucht war. Romain hupte draußen.

»Du musst jetzt los«, sagte Avery. »Wenn du recht hast und Johann NiniaCorp einen Besuch abgestattet hat, rückt das Mysterium von Eris näher.«

»Können wir nicht wenigstens darüber reden?«, bat Natalie.

Ihr Großvater wedelte mit den Händen. Es war dieselbe Geste, die er in seinen Fernsehsendungen verwendete, wenn er über Theorien sprach, die er lächerlich fand. »Wenn du in Mexiko bist, *dann* können wir darüber reden«, sagte er und öffnete die Tür.

Natalie blieb stehen. »Du willst mich einfach nicht dabeihaben«, sagte sie. »Du glaubst, ich bin deinen Nachforschungen im Weg.«

Ihre Worte schienen ihn verletzt zu haben. »Das stimmt nicht. Sobald ich auch nur das kleinste bisschen über die Omentexte in Erfahrung bringe, sage ich dir sofort Bescheid. Versprochen.« Wieder dröhnte die Hupe, und Avery Hardaker nahm Natalies Koffer. »Komm mit. Bitte. Es ist Zeit.«

Nachdem Natalie sich am Autofenster von ihrem Großvater verabschiedet hatte, fuhr Romain zum Flughafen. Mit seinem dreiteiligen Tweed-Anzug war Lord Thwaites wie üblich gekleidet, als würde er übers Wochenende auf seinen Landsitz fahren. Giles wirkte ebenfalls angefressen, einfach so aus dem Weg geräumt zu werden. Er weigerte sich, seinem Vormund auf der Treppe zum Jet Lebewohl zu sagen, und wollte anscheinend nicht einmal mit Natalie reden. Erst als sie über die Startbahn rollten, beugte sie sich über den Gang des kleinen Flugzeugs zu ihm, um ihrem Ärger Luft zu machen.

»Das ist bescheuert! Nach allem, was wir durchgemacht haben, behandeln sie uns wie kleine Kinder.« Zu ihrer Überraschung lächelte Giles. »Was ist denn daran so witzig? Wir fliegen nach Mexiko, wo sie uns einen Babysitter aufdrücken.«

»Falsch«, sagte Giles und grinste noch breiter. »Wir fliegen nach Ägypten.« Natalie runzelte die Stirn. »Wovon redest du?«

Giles drehte sich zu Romain, der weiter vorne im Flieger saß und bereits seine Schlafmaske aufgesetzt hatte. »Stimmt's oder hab ich recht, Romain?«

Romain nickte. »In sieben Stunden landen wir auf dem Flughafen Aswan International. An eurer Stelle würde ich mir eine Mütze voll Schlaf gönnen.«

Giles öffnete eine Riesenpackung Chips und bot sie Natalie an.

»Ist schließlich im Prinzip mein Jet«, sagte Giles. »Bis denen auffällt, dass wir nicht in Mexiko sind, ist es längst zu spät.«

Natalie war sich nicht sicher, ob er Witze riss. Sie nickte in Richtung Romain und flüsterte: »Und für ihn ist das in Ordnung?«

»Romain hält zu mir«, sagte Giles, »nicht zu Lionel oder dem Orphischen Mysterium.« Er stopfte sich eine Handvoll Chips in den Mund. »Wenn sie uns schon wie Kinder behandeln, dann benehmen wir uns auch so.«

Während der Jet sich steil in die Luft erhob, bekam Natalie Gewissensbisse. Gleichzeitig war sie ganz aufgeregt.

Sie wollte sich die Reaktion ihres Großvaters, wenn er ihnen auf die Schliche kam, nicht einmal ausmalen. Stattdessen versuchte sie, sich einzureden, dass sie im Recht waren und sich aufs große Ganze konzentrieren mussten. Der erste Omentext befand sich in Philae. Wenn selbst ihr Großvater das bisher noch nicht begriffen hatte, dann galt das bestimmt auch für das Mysterium von Eris. Damit hatten sie einen einmaligen Vorsprung. Noch dazu waren sie im Moment vermutlich nirgends sicherer. Natalie schloss die Augen und gab sich Mühe, sich selbst davon zu überzeugen.

Der Kahn glitt im grellen Licht der Morgensonne über den Nil. Die Landschaft zu beiden Seiten war in oranges Licht getaucht, das Wasser glitzerte. Romain hatte das Boot in den Docks nahe dem Aswan-Flughafen gechartert und den Kapitän mit einer Handvoll US-Dollar bezahlt. Andere Touristenkähne tuckerten feierlich vorbei. Kleinere Fischerboote mit Segeln dümpelten durchs seichte Wasser. An dieser Stelle war der Fluss mehrere Hundert Meter breit und überall dort, wo er nicht von Schiffen aufgewühlt wurde, so still wic ein Mühlweiher. Natalie ließ die Hand durch die seidige Dunkelheit gleiten, bis Romain sie vor Krokodilen warnte.

Unterwegs berichtete sie Giles, was sie auf dem Flug über Philae gelesen hatte, während er sein Eigengewicht in Snacks und Süßkram verputzt hatte. Die Insel war eine antike Tempelanlage mit einzelnen Monumenten für die ägyptischen Gottheiten Isis, Hathor, Amun und Osiris. Was Natalie bisher nicht gewusst hatte, war, dass die derzeitigen Denkmäler vor etwa einem Jahrhundert von der eigentlichen Insel Philae versetzt worden waren. Während der Errichtung des Aswan-Damms war die nämlich eine Zeit lang geflutet worden. Die neue Insel, auf der die Artefakte nun standen, lag gar nicht weit von der alten entfernt. Trotzdem drängte sich die Frage auf: War auch der Omentext, falls er überhaupt je dort gewesen war, mit umgezogen?

»Dann haben wir den ganzen Weg vielleicht umsonst gemacht?«, fragte Giles entsetzt.

»Ich glaube, wir – oder zumindest mein Großvater – wüssten es, wenn man den Omentext irgendwann entdeckt hätte. Ich finde es viel wahrscheinlicher, dass er noch auf der ursprünglichen Insel ist. Wir müssen nur hoffen, dass er bei der Überschwemmung nicht beschädigt wurde. Immerhin sollen drei Viertel der Insel unter Wasser gestanden haben. Aber erst mal müssen wir ihn finden. Ich wette, dass es im Tempel irgendwelche Hinweise gibt!«

»Wenn du meinst. Kannst du nicht deine … du weißt schon, Zauberkräfte einsetzen … um das rauszufinden?«

Natalie hatte selbst schon daran gedacht, aber sie wollte die Bedenken des Orphischen Mysteriums und ihres Großvaters nicht einfach so in den Wind schießen. Wenn sie den Aither besuchte, war das jedes Mal ein Risiko.

»Für uns alle wäre es sicherer, wenn wir das auf die gute alte Tour durchziehen.«

»Wow!« Giles hörte ihr nicht mehr zu – er starrte mit offenem Mund nach vorne. Natalie folgte seinem Blick und sah die majestätische Anlage, die die Insel vor ihnen überragte. Neben zwei hohen Reihen verzierter Säulen stand der Haupttempel: zwei monolithische Türme mit rechteckigen Abschlüssen, die links und rechts von einem gigantischen Tor standen. Der Sandstein wirkte fast golden. Natalie hatte die Pyramiden besucht, die wesentlich größer waren als die Bauwerke hier, trotzdem waren sie beeindruckend. Schwer zu glauben, dass diese Gebäude fast dreitausend Jahre alt waren.

Gemeinsam mit anderen Booten legten sie an, kauften sich eine Karte der Anlage und schlossen sich den Touristenströmen an, die zwischen den Ruinen herumwuselten. Überall gab es Sicherheitspersonal in Uniform, und Natalie fragte sich, was sie wohl in ihrer kleinen Gruppe sahen. Vielleicht hielten sie Romain für einen Vater, der seinen beiden Kindern im Urlaub die Sehenswürdigkeiten des Landes zeigte. Doch ein Blick ins ernste Gesicht des Bodyguards ließ sie daran zweifeln.

Die Luft über dem staubigen Grund flimmerte, so extrem war die Mittagshitze. Immer wieder tranken sie aus ihren Wasserflaschen und versuchten, sich unter den Mauerbrüstungen und Giebeldreiecken der Tempelsäulen im Schatten zu halten. Die meisten Oberflächen waren von oben bis unten voller Bilder von Göttern und

Hieroglyphen. Hier und da waren sie von der Zeit zerfressen oder von menschlichen Vandalen abgeschlagen oder überschmiert worden. Wie antike Graffiti tauchten an manchen Stellen griechische Buchstaben auf, was Natalie umso sicherer machte, dass sie hier richtig waren. Idris Khalil und der Aither hatten sie hergeführt, an einen Ort, an dem eine große Zivilisation von einer anderen gestürzt worden war.

Sie folgten der Karte und betraten das kühle Innere der Tempelanlage, wo man nichts hörte außer schlurfenden Schritten, leisem Staunen und hin und wieder dem Klicken einer altmodischen Kamera. Es hatte den Anschein, als wären ausnahmslos alle von der Pracht des Bauwerks hingerissen. Bodenlichter erhellten Wände und Säulen, die alle dicht beschrieben waren mit Hieroglyphen. Natalie zog ein Bild von Khalils Zeichnung heraus und zeigte den anderen die Hieroglyphe des Geiers, die für Mut stand, die Mutter Ägyptens mit den Geierflügeln. »Haltet nach allem Ausschau, was so aussieht.«

Giles blickte auf die Tausende von Bildern ringsum.

»Könnte ein Weilchen dauern.«

Natalie war ähnlich verzweifelt. »Mut war eine der frühen Göttinnen aus dem Alten Reich.« Sie sah noch einmal auf der Karte nach. »Wir müssen in die ältesten Abschnitte des Tempels – da lang.«

Sie zeigte auf einen Durchgang, und die anderen beiden folgten ihr.

Natalie wusste nicht, ob ihr Nous sie führte oder reines

Glück, doch lange dauerte es nicht, bis sie auf eine Reihe von Säulen stießen, die so sehr Khalils Zeichnung ähnelten, dass ihr Herz einen Schlag aussetzte.

»Könnte passen«, meinte Giles nickend, als er das Foto sah. Nachdem sie ein paar Minuten gesucht hatten, rief er Natalie zu sich. »Hey, ein Geier, hast du gesagt, stimmt's?«

Er schaute zu einem großen Steinquader auf, der von zwei Säulen gehalten wurde. Der Geierkopf darauf war nur noch schwach zu sehen, doch eindeutig erkennbar. Giles ging um den Stein herum und begutachtete ihn. »Vielleicht gibt es irgendwo ein Geheimfach – wäre ein echter Klassiker, oder? Ein versteckter Knopf, wie in einem James-Bond-Film. Oder vielleicht ist die Schrift unter dem Stein hier vergraben.«

Natalie sah sich den Felsen näher an und fuhr mit den Fingern darüber. Sie studierte die Zeichen und überlegte, auf welche Art der Text hier oder in der Nähe versteckt sein könnte. Giles klopfte gegen den Stein, als könnte er so herausfinden, ob er im Innern hohl war. Natalie ließ ihren Blick über die felsige Insel zum fernen Wasser schweifen, das in der heißen Sonne glitzerte. Als sie sich wieder zu Giles umwandte, sagte sie: »Ich wüsste nicht, wie hier drin irgendwas versteckt sein könnte. Man müsste es von außen sehen können. Außerdem glaube ich, ich würde es einfach spüren, wenn der Text hier wäre. In der Nähe von Dingen und Orten, die für das Schicksal wichtig sind, wird mein Nous stärker. Ganz bestimmt ist er auf der anderen Insel.« Natalie markierte sich die Stelle, an der sie standen, auf ihrer Karte. »Also lasst uns auf die ursprüngliche Insel fahren und herausfinden, wo dieser Tempel in der Antike gestanden hat.«

Giles war in die Hocke gegangen und fuhr mit dem Finger über eine vertikale Reihe aus Hieroglyphen. »Irgendwie kommen mir die bekannt vor«, murmelte er und verharrte bei einer Doppel-Hieroglyphe, die ein Auge auf einem schlichten Bett zeigte. »Irgendeine Ahnung, was das bedeutet?« Seine dunkel glänzenden Augen betrachteten die Zeichen eine ganze Weile. Natalie überlegte, was in ihm wohl so tiefe Gefühle weckte.

»Hat wahrscheinlich mit Träumen zu tun«, überlegte Natalie. Weiter hinten im Raum war ein Sicherheitsmann aufgetaucht, der etwas auf Arabisch schnauzte, was vermutlich hieß: »Hände weg von der Wand, du dämlicher Tourist mit den Schmuddelfingern!«

Giles wich verdattert zurück, und schnell verließen sie den Tempel. Draußen im Freien kam ihnen das Licht blendend hell vor.

»Können wir was zu beißen besorgen?«, fragte Giles.

»Du hast doch den ganzen Flug über ohne Pause gefuttert«, entgegnete sie.

»Geschichte macht mich hungrig.«

Sie entschieden sich für einige würzige Pasteten von einem Imbissstand und gingen anschließend wieder an Bord ihres Kahns. Als Natalie den Kapitän bat, sie zur ursprünglichen Insel Philae zu bringen, erklärte der in gebrochenem Englisch, dass es dort außer Geröll nichts zu sehen gab. Romain schob ihm einige Geldscheine zu, woraufhin er mit den Schultern zuckte, die Taue löste und das Boot auf den Fluss hinaussteuerte.

Philae selbst lag nur wenige Hundert Meter weit weg. Als sie sich näherten, war Natalie alles andere als zuversichtlich. Hier schien es wirklich wenig mehr zu geben als angespülten Müll am felsigen Ufer und darüber verlassene Hänge, auf denen hier und da ein Felsen aufragte. Nachdem der Kapitän sie auf einem baufälligen Steg abgesetzt hatte, teilte Natalie ihm mit, dass sie nicht genau wusste, wie lange sie brauchen würden. Allerdings schien ihn das nicht zu kümmern. Er legte sich einfach unter das Sonnensegel, um ein Schläfchen zu halten.

»Na schön, wonach suchen wir?«, fragte Giles, der die Augen zusammenkniff, weil die Sonne blendete.

Natalie lief einen Hang hinauf und versuchte, sich vorzustellen, wie die Tempel früher einmal angeordnet gewesen waren. Auf ihrem Smartphone hatte sie eine Karte mit dem ursprünglichen Lageplan, allerdings stammte der von 1905. Seitdem konnte sich die Küste stark verändert haben, vor allem seit der Überflutung während des Dammbaus.

Sobald ihr dieser Gedanke durch den Kopf geschossen war, ging ein Ruck durch ihren Körper, als hätte eine Welle sie erfasst. Vor ihrem geistigen Auge sah sie Wasser, das in einen Tunnel brauste. Wieder einmal hatte ihr Nous sich auf eigene Faust einen Zugang zum Aither geöffnet. Natalie blinzelte, um die Bilder abzuschütteln. Als sie sich erneut umschaute, hatte die Insel sich verändert.

Vor ihnen standen die Tempel, die sie gerade besucht hatten – zumindest ihre geisterhaften Schemen. *Hör auf, Natalie,* sagte sie sich. *Lass es.*

Die Bilder verschwanden, doch die Erinnerung blieb – und ihre Füße trugen sie bereits in eine bestimmte Richtung. »Ich glaube, wir müssen hier lang.«

»Du *glaubst?*«, wiederholte Giles.

Sie erklommen einen kleinen Hügel. Vor ihnen breitete sich die Insel aus, die von Felsbrocken übersät war. Natalie spürte, dass Giles die Geduld verlor. Diese Suche war wirklich aussichtslos.

Tauche tiefer ein und erfahre die Wahrheit.

Die Stimme war ein Flüstern, ein verführerisches Wispern. Lange müsste Natalie den Aither ja gar nicht bereisen. Höchstens ein paar Sekunden …

Sie holte tief Luft, und als sie ausatmete, erwachten die antiken Tempel wieder zum Leben. Nur waren diesmal auch Menschen dabei. Knapp fünfzig Meter von ihnen entfernt schwebte eine Reihe Priester in Roben über die Felsen. Natalie schaute zu ihren Freunden. Offensichtlich war diese Vision nur für sie sichtbar. Sie lief den Priestern nach, so hastig, dass sie immer wieder stolperte und kleine Steinchen in die Luft beförderte. Der Zug der Männer verschwand über eine Treppe im Erdboden.

»He, warte!«, rief Giles.

Als Natalie die Stelle erreichte, waren die Gebäude wieder verschwunden. Sie stand auf sandigem Boden, neben einer Öffnung – nur ein Riss in der Felsoberfläche. Ungefähr zwanzig Zentimeter war er breit, und Natalie konnte kaum einen Meter weit ins Innere spähen. Es schien die höchste Stelle der Insel zu sein. Daher hoffte Natalie, dass sie Glück gehabt hatten und das Versteck nicht überflutet worden war.

»Eine Tür!«, sagte Giles. »Wo führt die hin?«

»Finden wir es heraus«, meinte Natalie.

Giles zögerte, nickte dann aber. Natalie musste sich auf die Seite drehen, um sich hindurchquetschen zu können. Romain würde im Leben nicht durch den Spalt passen. Auch Giles musste das eingesehen haben, denn er wies seinen Leibwächter an, auf der anderen Seite zu warten. Romain nickte nur knapp.

Im Innern leuchtete Natalie mit ihrem Handy den Weg aus. Nach wenigen Metern wurde der Pfad breiter und führte leicht abwärts. Die sauberen Kanten an den Wänden ließen vermuten, dass der Gang von Menschen angelegt worden war. Sand bedeckte den Boden, auf dem keinerlei Fußspuren zu sehen waren. *Wir könnten seit Jahrhunderten die Ersten sein, die hier laufen!* Nach und nach wich die Aufregung und machte der Furcht Platz. Vielleicht war es reine Klaustrophobie oder aber das Gefühl, durch den Hals einer gigantischen Bestie zu spazieren, doch mit jedem Schritt schien die reale Welt weiter und weiter entfernt. Sollte irgendetwas einstürzen oder das Handy den Geist aufgeben, würde dieser Gang ihr Grab werden.

Etwa dreißig Meter weiter wurde der Tunnel noch einmal breiter. Drei Stufen, die man in den Boden gehauen hatte, führten nach unten. Natalies Licht durchbrach die Dunkelheit einer großen Kammer. Die hinteren Wände konnte man nicht sehen, doch was ihr sofort auffiel, waren die erhobenen Steintafeln auf der Erde. Sie sahen aus wie …

»Betten!«, sagte sie mit hallender Stimme.

Natalie ging in die Kammer hinein und trat zwischen die Felsblöcke. Daneben waren die Überreste von Töpfen, Perlenketten und kleine Tonfiguren zu sehen. Als sie mit dem Handy über die Wand leuchtete, entdeckte sie ein großes Relief des Sonnengotts Ra auf einem Kahn. Es zeigte seine nächtliche Reise durch die Unterwelt. Darunter waren Bilder von Menschen, die auf Blöcken lagen, umgeben von Priestern mit Masken.

»Besonders *gemütlich* sehen diese Betten nicht aus«, meinte Giles.

»Ich glaube, das hier ist ein Traumtempel«, sagte Natalie. »Für die Ägypter war der Schlaf ein Weg, dem Tod und damit der Welt der Götter näher zu kommen. Sie führten Rituale durch, um Visionen von Omen sehen zu können.«

»Du meinst Träume?«

»Sie glaubten, sie könnten so Zugang zur Zukunft finden.«

»Also so was wie der Aither?«

»Ganz genau. Selbe Sache, andere Bezeichnung.«

Sie bückte sich, um eine kleine Statue von einem Kind aufzuheben. Auf dem Bauch war wieder die Hieroglyphe mit dem Auge abgebildet, die Giles im Tempel von Mut auf der ersten Insel entdeckt hatte.

»Ich glaube, diese persönlichen Gegenstände waren für die Träumer wie ein Anker in der wachen Welt. Oder aber sie sollten die Seher mit dem verbinden, worüber sie etwas erfahren wollten.«

Giles hockte sich auf einen der Blöcke und hob einen kleinen geschnitzten Skarabäus auf. Auf dem Rücken war wieder das Auge abgebildet. »So einen hab ich schon mal gesehen«, sagte er.

»Im Alten Ägypten war der Skarabäus weit verbreitet«, sagte Natalie.

»Nein, ich meine, genau so einen. Meine Mum hatte Schmuck mit was ganz Ähnlichem darauf. Einen Anhänger, glaube ich.«

Natalie überlegte. »Deine Eltern waren Mitglieder des Orphischen Mysteriums, nicht?«

Giles nickte. »Lionel hat aber nie erwähnt, dass sie vielleicht Kassandren waren. Ich dachte immer, sie wären wie er gewesen – du weißt schon, Sammler. Ohne irgendwelche Kräfte.«

Auf einmal kam er Natalie verloren und allein vor, also leuchtete sie mit ihrem Handy in die gegenüberliegende Richtung.

Plötzlich sah sie hinten in der Kammer eine Art Steinquader, der für sich stand. Als sie näher trat, stellte sich heraus, dass es eine Truhe mit einem Deckel aus Stein war.

»Hey, hilf mir mal mit dem Ding«, bat sie.

Giles kam zu ihr. Natalie lehnte das Handy an eins der Betten, und gemeinsam hoben sie den Deckel an, um ihn behutsam zur Seite zu legen. Eine kleine muffige Wolke stieg auf. Als Natalie ins Innere leuchtete, blieb ihr die Luft weg. Auf einem goldenen Zeremonienständer lag eine einzelne Schriftrolle.

»Der Omentext! Das muss er sein!«

Die Rolle war aus Papyrus, dem Pergament, das man im antiken Ägypten aus Schilf hergestellt hatte. Die meisten Papyri zersetzten sich im Lauf der Zeit, sodass sie bei der kleinsten Berührung zu Staub zerfielen. Doch Natalie sah sofort, dass dieser hier beinahe perfekt erhalten war. Er war mit Wachs versiegelt, in das man das Symbol eines Auges gedrückt hatte.

»Ich glaube, es ist ein Traumbuch«, erklärte sie. »Genau so eins habe ich im Britischen Museum in London gesehen. Also zumindest Reste davon. Die Seher haben ihre Träume auf Schriftrollen wie dieser aufgezeichnet.«

»Und was steht drin?«, fragte Giles und griff ungeduldig danach.

»Nein!« Natalie schlug seinen Arm beiseite. »Vorsichtig!«

Giles zog die Hand zurück, und Natalie hob die Rolle behutsam heraus. Sie war schwerer, als sie aussah. Das Pergament war dick und weich. Natalie brach das Siegel und rollte sie langsam auf dem Deckel der Truhe aus.

Zu sehen waren zwei rote Blöcke mit Hieroglyphen und Bildern.

»Ist das Blut?«, fragte Giles nervös.

»Sei nicht so dramatisch«, meinte Natalie lächelnd. »Wahrscheinlich ist das einfach nur ein natürliches Pigment. Allerdings galt Rot damals als Farbe schlechter Vorzeichen. Gute Vorzeichen wurden mit Schwarz festgehalten.«

Im ersten Block waren drei Bilder bekannter ägyptischer Gottheiten abgebildet. Eine mit dem Kopf eines Schakals, eine mit einem grünen Gesicht und die dritte mit der langen Schnauze eines Krokodils.

»Anubis, der Totengott; Osiris, Gott der Unterwelt; und Sobek«, erklärte Natalie.

»Klingt wie die schlechteste Boyband der Welt«, meinte Giles.

»Der erste Block in einem Traumbuch zeigt die Omen selbst«, erklärte Natalie. »Der zweite hält fest, was später passiert ist. Auf diese Art wollte man herausfinden, wie Vorzeichen interpretiert werden sollten. Eigentlich ziemlich wissenschaftlich.«

»Wenn du das sagst.«

Im Licht der Taschenlampe sahen sie sich die zweite Spalte an. Neben Anubis war die Zeichnung eines Soldaten, der aufrecht in einem Pferdewagen mit einem aufgemalten Löwenkopf stand. Neben Osiris befand sich eine Gestalt in einer Robe und neben dem Krokodilgott Sobek eine Armee identischer Krieger, allesamt mit griechischen Helmen.

»Irgendeine Ahnung, was das bedeutet?«, fragte Giles.

»Ist das nicht offensichtlich?«

»Du kannst echt nerven, weißt du das? Manche Leute haben Besseres zu tun, als Geschichtsbücher zu wälzen.«

»Es stellt den Einmarsch von Alexander von Makedonien dar – auch bekannt als *Alexander der Große*. Sobek ist der Gott des Krieges, daher die Armee, die er repräsentiert.«

»Und der Typ im Umhang?«

»Bei ihm bin ich nicht ganz sicher. Vielleicht irgendein Berater Alexanders.«

Das Licht des Handys ging aus, und Giles jammerte laut. »Was ist los? Jetzt sag nicht, der Akku ist alle.«

Natalie schauderte. »Warte. Es schaltet sich nach einer Weile automatisch ab. Sekunde.«

Sie berührte den Bildschirm. Dabei spürte sie den Sog des Aithers und bemerkte, dass es im Raum andere Lichtquellen gab. An der Decke kreisten mehrere winzige Punkte. »Kannst du das sehen?«, fragte sie.

»Ich sehe rein *gar nichts*!«, beschwerte sich Giles.

Natalie schaute dem Tanz der Punkte zu und begriff, dass sie eine bestimmte Form annahmen. *Sterne ...*

»Sirius«, murmelte sie. »Orion. Thuban.«

Die Taschenlampenfunktion schaltete sich erneut ein. Giles atmete schwer. »Mach das ja nie wieder!«

Natalie hörte ihn kaum. »Sirius, Orion und Thuban. Die Sterne, die ich in meinem alten Zimmer gesehen habe.«

»Ja und? Lass uns bloß von hier verschwinden.«

»Die Ägypter waren die erste Kultur überhaupt, die Karten von den Sternen anfertigte«, erinnerte sich Natalie. »Bei ihnen standen sie eng in Verbindung mit den Göttern.« Sie zeigte auf die Omensymbole der ersten Spalte. »Anubis war verknüpft mit dem Stern Sirius, Osiris mit Orion, und Sobek wurde mit Thuban gleichgesetzt. Es passt alles zusammen.«

»Also bedeutete der Stern Sirius bei den Ägyptern Anubis. Und beide kündigten laut diesem Omentext Alexander den Großen an?«

»Genau. Das Vorzeichen Anubis – oder Sirius – zeigt wahrscheinlich, wer die Zerstörung gebracht hat«, überlegte Natalie. Sie öffnete auf dem Handy das Bild von Khalils letzter Prophezeiung – die vermummte Gestalt, aus deren Fingerspitzen Feuer schoss. Quasi sofort meldete sich in ihren Schläfen ein wachsender Schmerz und vernebelte ihr die Sicht. Sie schrie auf.

»Natalie?«, sagte Giles. »Geht's dir gut?«

Sie konnte den Blick nicht vom Bildschirm reißen. Die Maske der Gestalt verwandelte sich in die Schnauze eines Schakals. *Anubis.*

So schnell sie gekommen war, verschwand die Vision wieder, und der Schmerz in ihrem Kopf ebbte ab.

»Was war denn los?«, wollte Giles wissen.

»Ich ... weiß nicht«, keuchte Natalie.

»Hör mal, ich finde es hier gruselig«, meinte Giles. »Können wir *bitte* gehen?«

Natalie rollte die Traumschrift ein. Als sie durch den Tunnel zurückliefen, war ihr Kopf wie mit Watte gefüllt. Endlich sahen sie vor sich einen Streifen Tageslicht, sodass sie die Taschenlampe nicht länger brauchten.

Sobald sie in der Sonne standen und Romain genau dort wiederfanden, wo sie ihn zurückgelassen hatten, fühlte Natalie sich enorm erleichtert. Trotzdem wurde sie den Gedanken an den Schakal nicht los. Anubis, das Vorzeichen der Verwüstung. Für die ägyptischen Seher, die auf den Betten aus Stein ihre Träume aufgezeichnet hatten, hatte er sich als Alexander der Große entpuppt. Doch wer war der Schakal von heute, der laut Khalil das Ende ihrer Welt bringen würde? Natalie spürte, wie der Aither sie rief, verlockender denn je. Die Antworten warteten nur auf sie, wollten entdeckt werden. Doch Khalils Anweisungen waren eindeutig. *Drei* Omenschriften würden zur Wahrheit führen, und bisher hatten sie nur die erste gefunden. Die Aufgabe schien unmöglich, zumindest für eine so kleine Gruppe wie ihre.

»Ich glaube, wir müssen dem Orphischen Mysterium davon erzählen«, sagte sie und hielt die Rolle hoch.

»Ich dachte, wir erledigen das auf eigene Faust?« Giles klang enttäuscht.

»Wir brauchen ihre Hilfe«, meinte Natalie. »Und wir haben sie uns verdient.«

Giles kletterte in den Kahn. »Ich glaube, du unterschätzt die Launen meines Vormunds.«

KAPITEL 6

ORION

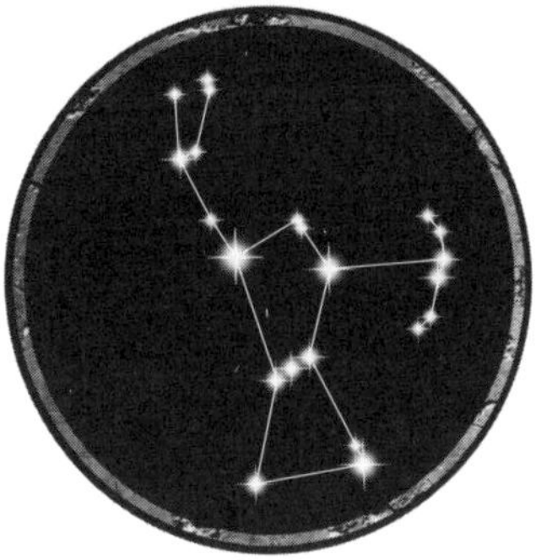

Der Jäger.
Der, der dich sucht, kommt näher.

Nachdem sie die Papyrusrolle sicher in Romains Rucksack verstaut und mithilfe von Natalies Handy abfotografiert hatten, fuhren sie zurück in Richtung Aswan. Natalie freute sich ebenso wenig wie Giles darauf, den Erwachsenen von ihrem kleinen Abstecher nach Nordafrika zu erzählen. Doch ohne die Forschungsergebnisse ihres Großvaters war es aussichtslos, nach dem nächsten Omentext zu suchen. Es machte sie unglaublich nervös, ihrem Großvater gegenüberzutreten – trotzdem war sie auch ein klein wenig stolz. Sie war ihrem Instinkt gefolgt und hatte den ersten entscheidenden Schritt gewagt, die fünfhundert Jahre alte Botschaft von Idris Khalil zu entschlüsseln. Das musste er doch gelten lassen.

Auf der Rückfahrt war Giles ungewöhnlich still und beschäftigte sich mit seinem Handy. Als sie sich dem Hafen näherten, blickte Natalie zufällig über seine Schulter und bemerkte, dass er das Bild einer Frau betrachtete. Sie stand neben einem Jungen in einer putzigen Schuluniform mit Mütze und kurzer Hose.

»Bist du das?«, fragte sie.

Schnell verdeckte Giles den Bildschirm und schaute sie an. Seine Augen waren glasig, als würde er die Tränen zurückhalten.

»Tut mir leid«, sagte sie. »Geht mich ja nichts an.«

»Schon okay«, meinte er und zeigte ihr das Handy. »Fällt dir was auf?«

»Deine Sommersprossen?«, fragte Natalie.

Giles wurde rot und zoomte dann die Frau heran. An

der Brust trug sie eine Brosche. Bei maximaler Vergrößerung konnte Natalie sehen, dass es die Hieroglyphe eines Auges war, genau wie die auf dem Skarabäus. »Glaubst du, das hat was zu bedeuten?«

»Sieht zumindest sehr ähnlich aus«, stellte Natalie fest. »Meinst du, sie hat vielleicht auch Traumseherkräfte gehabt, wie die alten ägyptischen Seher?«

Natalie wollte gerade antworten, als Romain sie mit einem Grunzen unterbrach. Während der Kahn zum Anlegen ansetzte, schaute er besorgt nach vorne. Natalie erkannte den Grund: Am Ende des Piers schien eine Polizistin die Passagiere zu beobachten, die aus den Booten stiegen.

»Das muss nichts heißen«, meinte Giles.

Romain bat den Kapitän dennoch, sie etwas weiter hinten im Hafen aussteigen zu lassen, an einer der steilen Treppen, die zur Promenade führten. Schnell tauchten sie in der Menschenmasse aus Touristen und Einheimischen unter, die sich in den Docks tummelten. Als Natalie sich noch einmal nach der Polizistin umsah, war sie verschwunden.

Doch etwas kam ihr komisch vor. Ihre Haut kribbelte. Der Aither fühlte sich nah an, als wollte ihr sechster Sinn sie vor Gefahr warnen. Prüfend drehte Natalie sich einmal um sich selbst und kreuzte den Blick eines Markthändlers auf der anderen Straßenseite. Eines *großen* Händlers. Er trug zwar eine Kappe, doch seine Augen erkannte sie sofort. Seine Muskeln spannten sich, als würden sie jeden

Moment die Nähte seiner Kleidung zum Platzen bringen. Es war der Mann, den Johann Schar in ihrer Vision von Ninia Kanes Labor Ladon genannt hatte.

»Eris ist hier«, sagte sie zu den anderen.

Während sie sich beeilten, davonzukommen, entdeckte Natalie eine zweite riesenhafte Gestalt, die sich aus der anderen Richtung durch die Menge schob. Der kahl geschorene Schädel bewegte sich einen ganzen Kopf über allen anderen, und sein Gesicht war zu einer Grimasse verzogen.

»Bleibt dicht bei mir«, schärfte Romain ihnen ein. »Ich regle das.« Er griff in sein Jackett, und Natalie befürchtete, er würde eine Pistole hervorholen.

»Keine Bewegung!«, rief eine Frau. »Polizei!«

Die Touristen teilten sich und gaben der Polizistin vom Anleger den Weg frei. Natalie fiel die tätowierte Schlange über ihrem Kragen auf, und sie wusste sofort, dass diese Frau keine Gesetzeshüterin war.

Ladon und der andere Mann näherten sich langsam, und bald umstellten die drei Natalie und ihre Freunde in einem Dreieck.

»Was wollen Sie?«, fragte Natalie.

»Dich leiden sehen«, antwortete Ladon. »Für das, was du Anath angetan hast. Diomedes und ich warten schon lange auf diesen Moment.«

Der Hüne mit dem rasierten Schädel ließ die massigen Knöchel knacken. Romain hob den Arm und warf etwas auf den Boden. Mit einem lauten Knall explodierte zu Natalies Füßen Rauch. Überall brachen die Menschen laut schreiend in Panik aus. Durch den weißen Nebel sah Natalie, wie Ladon auf sie zupreschte, bis eine Faust gegen sein Kinn prallte und ihn herumwirbeln ließ.

»Lauft!«, befahl Romain. »Alle beide!«

Giles und Natalie gehorchten. Eine Hand griff nach Natalies Hemd, doch sie riss sich los und sprintete davon, raus aus dem Dunst und hinein in die Menge. Giles rannte neben ihr. Ein streunender Hund jaulte auf, als Natalie ihn um ein Haar getreten hätte. Dann bog sie scharf zwischen zwei Marktständen ab. Irgendwie hatte die falsche Polizistin sie überholt und zog nun ihre Waffe. Natalie griff nach dem Nächstbesten – einem Topf vom Stand neben ihr. Noch während der Verkäufer sich lautstark beschwerte, schleuderte sie ihn auf die Kultanhängerin und schlug ihr damit die Pistole aus der Hand. Giles folgte Natalies Beispiel und warf den nächsten. Die Frau ging in Deckung, und der Topf zerschellte an der Wand hinter ihr. Der Markthändler schrie entsetzt auf und wedelte aufgebracht mit den Händen.

»Tut mir leid!«, sagte Natalie. *Sind doch nur zwei Töpfe.*

Einen Sekundenbruchteil später brach der gesamte Stand in sich zusammen, als Romain hineingeworfen wurde. Er rappelte sich hoch, als der zweite Riese auch schon auf ihn zustürmte. Diesmal schnellte Romain zur Seite, drehte sich und stellte seinem Angreifer ein Bein – irgendein Judoschritt, der den großen Mann zu Fall brachte. Da tauchte Ladon wieder auf – den Mund voller Zahnlücken. Giles sprang vor Natalie und schwang die Faust, doch Ladon fing sie einfach ab, packte Giles am Hals und hob ihn mehrere Zentimeter vom Boden. Natalie hechtete vor und trat den Mann so fest wie möglich gegen die Schienbeine. Der Hüne taumelte rückwärts und ließ Giles fallen. Brüllend kam er nun auf Natalie zu. Ohne jede Mühe übernahm der Aither die Führung, und schlagartig schien die Zeit langsamer zu verlaufen. Mit einem komischen Schielen im Gesicht holte ihr Angreifer mit der geballten Faust zum Schlag aus. Natalie staunte, wie langsam alles ablief, wirbelte herum, duckte sich und riss gleichzeitig den Ellbogen hoch. Die Spitze kollidierte mit Ladons Zwerchfell, und Natalie merkte richtig, wie seine Bauchmuskeln nachgaben. Als er einknickte und keuchend auf die Knie sank, kehrte die Realität zurück.

»Wahnsinn!« Giles fielen fast die Augen aus dem Kopf. »Wo hast du denn das gelernt?«

Die Polizistin hob ihre Waffe auf, doch bevor sie abdrücken konnte, war Romain bei ihr. Aus dem Taser unter ihrem Arm sprühten Funken. Dann wurde sie ganz steif und brach zusammen.

»Mitkommen«, zischte Romain. Er führte Natalie und Giles durch eine schmale Gasse zwischen niedrigen Häusern aus Lehm, weg von der Küste. Auch hier gab es noch genügend Menschen und ab und an sogar einen Esel, doch kaum einer interessierte sich für sie. Romain schien einfach draufloszulaufen, bog in immer kleinere Straßen ein oder nahm wahllos Treppen zwischen Gebäuden. Trotzdem kamen sie dabei immer weiter den Berg hinauf.

Tauche tiefer ein, mein Kind, erklang die Stimme in Natalies Kopf, so nah, dass sie sich umdrehte, um zu sehen, wer gesprochen hatte.

»Wie haben die uns gefunden?«, fragte Giles außer Atem.

»Keine Ahnung«, antwortete Natalie. Doch dann fiel ihr ein, dass sie im Flugzeug eingeschlafen war. War es möglich, dass sie sich mit dem Aither verband, wenn sie nicht bei Bewusstsein war? Irgendwie schien es ständig zu passieren, egal ob sie absichtlich auf seine Kräfte zugriff oder nicht.

Vor ihnen war Romain abrupt stehen geblieben. Sie hatten das obere Ende der kleinen Hafensiedlung erreicht. Neben den Häusern verlief ein Schotterweg. Am Rand parkte ein Motorrad, hoch beladen mit Kisten voll lebendiger Hühner.

»Wir brauchen ein Fahrzeug«, sagte Romain. Sein Gesicht war auf einer Seite zerkratzt, und seine dreckigen Klamotten hingen in Fetzen herunter, doch er wirkte nicht schlimm verletzt.

Schritte näherten sich, auch wenn man schwer sagen konnte, aus welcher Richtung. Ladon schlitterte um eine Ecke, gefolgt von Diomedes und der Polizistin. »Ihr müsst euch vor Eris rechtfertigen«, sagte sie. »Mit Blut.«

Giles trat den Ständer unter dem Motorrad weg, sodass die Kisten zwischen Natalies Gruppe und ihren Feinden zu Boden purzelten. Die befreiten Hühner hüpften flatternd und gackernd auf. Noch einmal rannten Natalie und ihre Freunde um die nächste Kurve. In Natalies Ohren rauschte das Blut, doch die Stimme in ihrem Kopf war laut und beherrscht.

Vertraue deinen Kräften. Tauche tiefer ein, Kind.

Sie entdeckte ein Auto, nicht auf der Straße vor ihnen, sondern vor ihrem geistigen Auge: in einer Straße mit einer alten Frau, die von Kopf bis Fuß in Schwarz gekleidet war und einen Korb mit Obst trug. Natalie hörte eine Hupe und quietschende Bremsen. Dann sah sie entsetzt, wie ihr eigener Körper wie eine Puppe durch die Luft wirbelte. Eindeutig eine Vision – nur was um alles in der Welt hatte sie zu bedeuten? Würde sie ums Leben kommen?

Sie bogen um eine weitere Ecke und kamen auf eine höher gelegene Straße, die an einer Steilküste entlangführte. Der Erdboden wirkte instabil. Ihre Verfolger holten auf. Hier waren sie ohne Deckung. Ohne Ausweg.

Vor ihnen tauchte eine Frau auf dem Weg auf, ganz in Schwarz gekleidet und mit einem Obstkorb in den Händen. Natalie erkannte sie sofort als die Frau aus ihrer Vision und wusste, was gleich passieren würde.

»Nein!«, rief sie. Sie packte Giles und Romain und riss sie zur Seite, als ein Auto um eine nicht einsehbare Kurve bog. Der Fahrer riss erschrocken die Augen auf und hielt sich wie versteinert am Lenkrad fest. Gummi qualmte, während der Wagen vorwärtsrutschte und sie um Zentimeter verfehlte, bevor er in die Leitplanke krachte. Er drehte sich ein paarmal und brach durch das Metall. Die Erde auf der anderen Seite, die nur spärlich mit Büschen bewachsen war, geriet ins Rutschen. Ladon und seine Gefährten waren genau an der falschen Stelle, wurden von den Füßen gerissen und versuchten, sich aneinander festzuhalten. Dann waren alle drei fort. Schreiend wurden sie von der Gerölllawine mitgerissen. Das Auto kam ruckend zum Stehen. Die Seite war eingedellt, die Windschutzscheibe nicht mehr vorhanden.

Das hätten wir sein können!, dachte Natalie.

Romain spähte den Hang hinunter, doch Natalie weigerte sich.

»Sind sie tot?«, fragte Giles.

»Kann man nur hoffen«, antwortete sein Bodyguard lässig. Dann riss er die Beifahrertür des Wagens auf und sprach den Fahrer an. »Wir brauchen eine Mitfahrgelegenheit zum Flughafen«, sagte er. Der Mann rührte sich nicht, also wandte Romain sich an Giles und Natalie. »Schätze, das heißt Ja. Steigt ein.«

KAPITEL 7

KASSIOPEIA

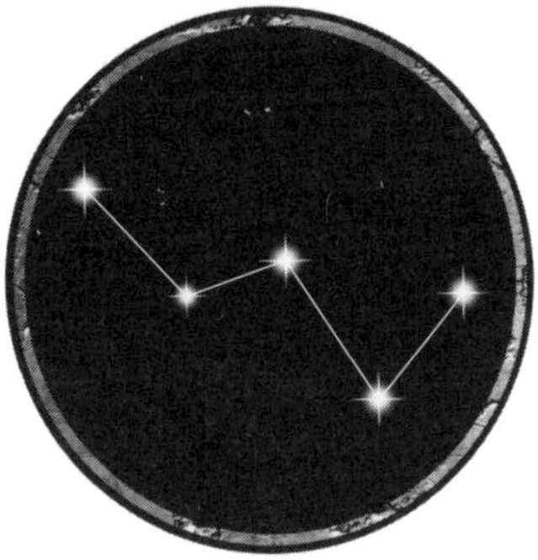

Die Mutter der Andromeda.
Das Geheimnis der Mutter wird gelüftet.

Der Wagen stotterte und ruckelte über die Straße zum Flughafen von Aswan. Romain gab sich Mühe, mit dem Fahrer ein bisschen Small Talk zu führen, doch der stand verständlicherweise noch immer unter Schock.

»Das war unglaublich!«, sagte Giles, noch immer voller Adrenalin. »Du hast den Typen mit dem Ellbogen total plattgemacht. Woher kannst du das?«

»Äh … vielleicht aus dem Fernsehen«, meinte Natalie. Ehrlich gesagt, glaubte sie nicht, dass sie es überhaupt einmal gelernt hatte, und das machte ihr Angst. Es war ja schön und gut, den Aither zu bereisen, um die Zukunft zu erforschen. Aber damit, eine krasse Kämpferin zu werden, hatte sie nicht gerechnet. Alles schien irgendwie verknüpft mit der Stimme, die sie hörte. Mit dieser Frau. Immerhin hatte es ihr bisher immer geholfen. Es war, als hätte sie eine Superkraft.

»Obwohl … Ich glaube, es kam vom Aither«, erklärte sie. »Ich höre immer wieder diese Stimme.« Sie stockte. »Ich denke, es könnte meine Mum sein. Weißt du, die mich von fern leitet.« Ihr war klar, dass sie komplett verrückt klingen musste. Aber sie war sich so sicher.

»Die Mum, die du nur als Baby kanntest? Woher willst du wissen, wie ihre Stimme klingt?«

Sein skeptischer Tonfall ärgerte sie ein bisschen. »Warum sollte sie uns denn sonst helfen?«

»Sorry«, meinte er. »Ich wollte dich nicht beleidigen. Es ist nur … na ja, wozu nur durch den Aither mit dir reden? Und warum gerade jetzt?«

Dass er so ernst war, kühlte Natalies Laune ab. Er wusste genau, was es bedeutete, seine Eltern zu verlieren, womit sie gewissermaßen im selben Boot saßen. »Kann ich nicht sagen. Vielleicht hat sie ein schlechtes Gewissen – weil sie fort ist oder wegen Dad.«

Giles nickte, aber sie merkte genau, dass er nicht überzeugt war. Wie auch? Die Stimme war in *ihrem* Kopf, nicht in seinem.

Sie kamen zum Flughafen. Romain hatte sie angemeldet, daher konnten sie direkt durch die VIP-Sicherheitsabfertigung. Ihr Gepäck musste allerdings noch durchleuchtet werden, was in Natalie einen kleinen Panikschub auslöste. Was, wenn sie den Traumbuch-Papyrus finden würden? Darauf, historische Artefakte außer Landes zu schaffen, standen harte Strafen – hohe Geldbußen und oft sogar Gefängnis. Zum Glück fiel die Rolle keinem auf. Nach dem Securitycheck empfing sie ein Beamter, der sie zu ihrem Privatjet begleitete. Als sie die Treppe erreichten, wünschte er ihnen eine gute Reise.

»Die übrigen Passagiere sind bereits an Bord«, fügte er noch hinzu.

»Welche anderen Passagiere?«, wollte Giles wissen, während er hinter Natalie die Gangway hochstieg.

Auf den beiden vordersten Sitzen der Kabine hatten Avery Hardaker und Lionel Thwaites Platz genommen.

»Oh, hallo«, sagte Natalie.

Ihr Großvater atmete tief ein. »Scheinbar seid ihr zwischen Boston und Mexico City falsch abgebogen.«

Falls das ein Scherz sein sollte, spielte seine Miene nicht mit.

»Wir können das erklären«, meinte Natalie.

»Warum habt ihr uns angelogen?«, fragte Thwaites. »Warum begebt ihr euch so leichtfertig in Gefahr?« Er zeigte auf Romain. »Und was Sie betrifft, bedeutet Ihnen Loyalität denn *gar nichts*? Sie sind inzwischen Mitglied des Orphischen Mysteriums, womit Sie in erster Linie uns verpflichtet sind. *Mir!*«

Romain rührte sich nicht.

»Immer mit der Ruhe«, meinte Giles und legte eine Hand auf Romains breites Kreuz. »Ich glaube nicht, dass gerade du uns einen Vortrag über Lügen halten solltest«, sagte er zu Thwaites.

»Nicht in diesem Ton, junger Mann!«, zischte sein Vormund.

Giles griff in die Tasche und holte den bemalten Skarabäusstein heraus, den er in der unterirdischen Kammer in Philae gefunden hatte.

Offensichtlich bin ich nicht die einzige Schmugglerin! Sie hatte gar nicht gemerkt, dass er ihn eingesteckt hatte.

Thwaites betrachtete ihn stirnrunzelnd.

»Hast du vielleicht irgendwas zu sagen?«, fragte Giles. »Zum Beispiel über meine Mum?«

»Ich ... ich kann ...«

»Woher hast du das?«, wollte Professor Hardaker wissen.

»Aus dem Tempel der Traumseher«, antwortete Giles. Natalie merkte Thwaites an, wie unwohl er sich in seiner

Haut fühlte. Er konnte ihnen nicht in die Augen sehen.
»War meine Mum auch eine Traumseherin?«, fragte Giles. »Und Dad? Warum redest du nie über sie? Du hast gesagt, du willst mir alles erzählen, aber ständig meinst du, es wäre kein guter Zeitpunkt!«

Thwaites' Unterkiefer bebte. Er nickte heftig. »Ja, deine Mutter war eine Kassandre, und Träumen war ihr Medium, um im Aither zu lesen. Sie konnte im Schlaf Vorzeichen sehen – oder indem sie sich durch Hypnose in Trance versetzte. Dein Vater hatte wie ich keine besonderen Fähigkeiten. Er und ich arbeiteten als Team und unterstützten den Rat, indem wir als Botschafter mit mächtigen Menschen redeten, die der Rat beeinflussen wollte.« Seine Stimme wurde leiser. »Hör zu, Giles, ich wollte dir wirklich alles erzählen. Aber es ist schwer für mich, das alles noch einmal zu durchleben. Außerdem habe ich so lange Geheimnisse gehütet, dass es mir schwerfällt, diese Gewohnheit abzulegen. Es gab in letzter Zeit wirklich wichtigere Dinge.«

»Ach? Was denn?«, wollte Giles wissen. »Jetzt sag schon. Erzähl mir von meinen Eltern.«

Thwaites legte eine Hand auf Giles' Arm, doch der riss sich los.

»Deine Mutter war eine mächtige Kassandre, und Eris hatte sie im Visier. Sie haben sie im Aither gespürt und so den Helikopter ausfindig gemacht. Ich will nicht, dass du auf irgendwelche Rachegedanken kommst, mein Junge. Deine Mutter und dein Vater waren immer zu dickköpfig, und du schlägst ganz nach ihnen.« Sein Mund verzog sich zu einem traurigen Lächeln, das jedoch schnell verschwand. Seine Augen glänzten, erfüllt von Erinnerungen. »Wir hatten den Verdacht, dass Eris einen Angriff plant, doch deine Eltern weigerten sich, abzutauchen.« Seine Stimme brach. »Ich konnte sie nicht überzeugen.«

Giles war alle Farbe aus dem Gesicht gewichen. Er war kreidebleich und zitterte vor Wut. »Na also. Was war daran so schwer?«

Thwaites rieb sich übers Gesicht, und in seinen Blick trat ein entferntes, trauriges Funkeln. »Ich habe Harry und Katie geschworen, dass ich auf dich aufpasse, sollte ihnen je etwas zustoßen. Und das bedeutet weit mehr, als nur dafür zu sorgen, dass du in Sicherheit bist.« Er verstummte.

Giles musterte ihn. »Schon okay. Ich hab's kapiert.« Er zeigte auf Natalie und sich selbst. »Aber hört endlich auf, uns zu behandeln, als würden wir mit der Wahrheit nicht klarkommen. Wir können nämlich helfen.«

»Wir sind bereit zum Start«, ertönte die Stimme des Piloten aus den Lautsprechern. *»Bitte legen Sie die Gurte an.«*

»Wohin fliegen wir?«, fragte Natalie.

»*Ihr* fliegt nach Mexiko«, antwortete ihr Großvater. »Und diesmal liefern wir euch persönlich ab.«

Natalie blieb stur stehen. »Auch, wenn ich dir erzähle, dass wir die erste Omenschrift gefunden haben?«

In den Augen ihres Granddads loderte es kurz auf.

»Keine Lügen mehr, Natalie.«

»Das ist nicht gelogen. Romain?«

Der Jet rollte zur Startbahn, als der Bodyguard mit der Schriftrolle in der Hand durch den Gang lief. Professor Hardaker nahm sie entgegen.

»Wir haben sie auf Philae gefunden«, berichtete Natalie.

»Wie um alles in der Welt habt ihr das geschafft?«, fragte Thwaites, während Avery Hardaker den Text entrollte.

»Mit einer Karte«, antwortete Natalie und konnte sich ein Grinsen nicht verkneifen.

Hardaker betrachtete die beiden Blöcke aus Bildern.

»Alexander der Große«, sagte er.

»So weit waren wir auch schon«, meinte Giles schmollend.

»Dargestellt durch Anubis, den Todesboten«, ergänzte Natalie. »Aber wen soll das Omen von Osiris ankündigen?«

»Ich würde auf Hephaistion tippen«, antwortete ihr Großvater. »Er war Alexanders wichtigster Berater in Sachen Kriegsführung.«

»Wenn die Traumseher herausgefunden hatten, was passieren würde, warum haben sie denn nichts dagegen unternommen?«, fragte Giles.

»Die zweite Spalte – die Bedeutung der Vorzeichen – wurde erst angelegt, *nachdem* das Ereignis, das durch das Omen beschrieben wurde, eingetreten war«, erklärte Natalies Großvater. »So konnten sie eine Art Register für Vorzeichen anlegen und festhalten, was die Zeichen angekündigt hatten.«

»Damit sie sich das nächste Mal drauf einstellen können, wenn ihre Zivilisation vollständig zerstört wird«, meinte Giles sarkastisch.

»Es hätte so oder so nichts gebracht«, sagte Thwaites. »Man kann das Schicksal fast unmöglich ändern, vor allem, wenn es um so folgenschwere und große Ereignisse wie dieses geht.«

»Das Problem damals war, dass die Königreiche bereits gespalten waren«, erklärte Professor Hardaker weiter. »Und Alexander war wild entschlossen.« Er betrachtete Natalie nachdenklich. »Das ist eine unglaubliche Entdeckung. Nur eins verstehe ich nicht: Wie seid ihr darauf gekommen?«

Natalie sah ein, dass Schwindeln keinen Sinn mehr hatte. Wenn sie das Mysterium von Eris bekämpfen und eine weitere Apokalypse verhindern wollten, mussten sie zusammenarbeiten. »Die Sterne …«, sagte sie. »Ich habe es in den Sternen gesehen.«

Ihr Großvater schluckte. »Im Aither, meinst du? Du hast deine Kräfte eingesetzt.«

Natalie nickte. »Es ging nicht anders. Es fühlt sich an wie die schlimmste Migräne der Welt, wenn ich meine Kräfte nicht nutze.«

»Erzähl weiter«, sagte ihr Großvater streng. »Was hast du gesehen?«

Also berichtete Natalie von der merkwürdigen Vision von Orion, Sirius und Thuban, die aufeinanderprallten und nur noch Eris übrig ließen – den Chaosstern. »Mir fiel auf, dass genau diese drei Sterne in drei von Khalils Zeichnungen auftauchen.«

»Also eigentlich ist *mir* das aufgefallen«, meldete Giles sich zu Wort. Natalie sah ihn mürrisch an.

»Dann verraten uns diese drei Bilder also, wo sich die Omenschriften befinden?«, folgerte Thwaites.

»Genau.« Natalie zeigte auf den Papyrus. »Im ägyptischen Traumbuch ist Anubis Sirius, der Zerstörer, nur dass er anders aussieht. Wir müssen mehr über diese drei Omen herausfinden, wenn wir verstehen wollen, was meine Vision bedeutet.«

»Auf wen das Omen von Sirius – oder Anubis – diesmal hindeutet«, ergänzte Giles.

Professor Hardaker nickte langsam. »Himmel, ich glaube, ihr habt da eine Spur!«

»Dann schickt ihr uns nicht nach Mexiko?«, fragte Natalie hoffnungsvoll. »Wir müssen schließlich den nächsten Text finden.«

»Bitte hinsetzen!«, verlangte der Pilot erneut.

Natalie setzte sich neben Giles und schnallte sich an. Ihr Großvater tuschelte mit Thwaites.

»Hey!«, rief sie. »Keine Geheimnisse mehr!«

Die Motoren des Jets dröhnten auf, und Natalie wurde in ihren Sitz gedrückt, als er auf der Startbahn beschleunigte. Während die Nase des Flugzeugs sich vom Asphalt entfernte, drehte ihr Großvater sich um.

»Keine Sorge. Wir fliegen nicht nach Mexiko. Es gibt da jemanden, der euch dringend sehen möchte.«

KAPITEL 8

LYRA

Die Leier des Orpheus.
Orpheus führt dich.

Bisher hatte Natalie den Rat des Orphischen Mysteriums nie persönlich getroffen. Sie wusste nicht einmal, wie viele Mitglieder es gab, woher sie kamen oder wie oft sie sich trafen. Ihr Großvater verriet nicht viel. Doch er erzählte, dass das derzeitige Hauptquartier in der Tschechischen Republik lag – in der Stadt Olmütz, um genau zu sein. Ihrem neuen Reiseziel.

»Und warum wollen sie mich sehen?«, fragte Natalie nervös.

»Dein Ruf eilt dir voraus, mein liebes Kind«, antwortete Thwaites. »Glaubst du denn, nur das Mysterium von Eris merkt es, wenn du dich im Aither herumtreibst?«

Dann müssen sie auch mächtige Kassandren haben, dachte Natalie.

Während sie das Mittelmeer überquerten, wurde es dunkel, und Natalie döste ein. Diesmal träumte sie nicht und wachte erst auf, als durch die Fenster des Flugzeugs kurz vor Sonnenaufgang sanftes Licht fiel, das die schneebedeckten Gipfel der Alpen unter ihnen leuchten ließ. Giles und Thwaites schliefen noch, doch über dem Platz ihres Großvaters brannte das Licht. Sie rieb sich die Augen, reckte die Arme und schnallte sich ab, dann ging sie zu ihm.

Ihr Großvater studierte noch immer den Traum-Papyrus und ließ eine Lupe über die antike Schrift gleiten. In der anderen Hand hielt er eine Art kleine Taschenlampe.

»Faszinierend«, murmelte er.

»Was?«, wollte sie wissen.

Abrupt drehte er sich um. »Auf dem Papyrus gibt es weitere Notizen«, antwortete er. »Ältere Omen, wie es den Anschein hat.«

»Und was sagen sie?«

Er strengte die Augen an. »Man kann sie nur schwer entziffern. Doch es gibt ein Symbol für Wasser und eines für Dunkelheit. Gemäß der ägyptischen Tradition damals müssten sie auf eine Flut und eine Sonnenfinsternis hindeuten.«

»Und warum hat man sie übermalt?«, wollte Natalie wissen.

»Vielleicht hielt man sie für weniger wichtig als die späteren Vorzeichen«, überlegte ihr Granddad. »In der Antike wusste man noch reichlich wenig über Überschwemmungen und Sonnenfinsternisse.« Er blickte zu Thwaites, der leise schnarchte. »Natalie, wir müssen über deine Vision in den Sternen reden.«

»Ich weiß, ich hätte nicht in den Aither schauen dürfen«, sagte sie schnell. »Aber das ist wirklich nicht mit Absicht passiert. Es hat sich fast so angefühlt, als hätte der Aither *mich* benutzt statt andersherum.«

»Ich verstehe«, sagte Avery Hardaker. »Aber darum geht es mir gar nicht. Erzähl mir noch einmal, was du gesehen hast – ganz genau.«

Also beschrieb Natalie es ihm mit allen Details, an die sie sich erinnern konnte – die wirbelnde Überlagerung von Sirius, Thuban und Orion; der Tanz der Sterne, dem jede astronomische Logik fehlte.

Ihr Großvater schien tief besorgt.

»Und du glaubst, es könnte einen Sirius der Gegenwart geben, wie damals Alexander für die Ägypter?«

»Wäre doch logisch, oder? Vielleicht ist es Johann. Und Ninia Kane könnte die Gestalt sein, die Thuban vorhersagt. Ihre MindTouch-Technologie ist ja schon etwas ähnliches wie eine Waffe.«

»Und Orion?«

»Das weiß ich nicht«, gab Natalie zu. »Orion steht für den ägyptischen Gott Osiris – er symbolisiert Alexanders Berater Hephaestion.«

»Vielleicht steht er für einen Vertrauten von Johann.« Ihr Großvater runzelte die Stirn und verzog nachdenklich die blutunterlaufenen Augen. »Du solltest ein bisschen schlafen«, meinte Natalie. »Denk daran, was Idris Khalil sagte: Wir müssen alle drei Omenschriften finden, bevor wir verstehen können, was genau die Zukunft bringt.«

»Aber du, mein Kind, wirst sicher nicht auf die Suche danach gehen!«, sagte Thwaites. Als sie sich umdrehte, sah sie, dass er die Augen geöffnet hatte.

»Sie haben gelauscht«, sagte sie.

»Nein. Ihr habt mich geweckt«, erwiderte er. Seine hohe Stirn lag in Falten. Von den Gefühlen, die er vorhin gezeigt hatte, als er mit Giles über dessen Eltern geredet hatte, war nichts mehr zu merken. Seine Stimme war gefasst und bestimmend. »Eins kannst du mir glauben: Der Orphische Rat hat wenig Verständnis für Einzelkämpfer. Du hast absolut keine Ahnung, was deine Visionen bedeuten. Wie ein großer Mann einst sagte: *Es ist ein Rätsel, umgeben von einem Mysterium, verborgen in einem Geheimnis.* Und wir alle laufen Gefahr, uns dadurch vom Wesentlichen ablenken zu lassen.«

»Sei nachsichtig mit ihr, Lionel«, sagte Avery Hardaker. »Sie will nur helfen.«

»Ich fürchte, der Rat wird das anders sehen. Ihr wurde ausdrücklich untersagt, ihre Kräfte einzusetzen, was sie bisher schlicht ignoriert hat.«

»Sie reden von meinen Fähigkeiten, als wären sie ein Fluch«, sagte Natalie, »aber das muss nicht so sein. Wir könnten sie nutzen. Durch meinen Nous habe ich direkten Einblick in den Aither. Ich muss die Sterne nicht einmal beobachten.«

»Doch kannst du dem, was du siehst, auch trauen?«, gab Thwaites zu bedenken.

»Immerhin habe ich gesehen, was meinem Dad passiert ist.«

Bei ihren Worten schien der Druck in der Kabine schlagartig abzufallen. Ihr Großvater duckte sich in seinen Sitz. »Warum hast du mir das nicht gesagt?«, fragte er heiser.

Natalie wünschte, sie hätte den Mund gehalten. Aber nun war es zu spät. »Bisher hat es sich nicht ergeben … Als ich Dad besucht habe, hatte ich eine Vision.« Sie schaute ihm in die Augen. »Ich weiß jetzt, was ihm zugestoßen ist. Was das Mysterium von Eris ihm angetan hat.« Natalie erzählte, was sie gesehen hatte. Dass ihr Vater festgehalten wurde, während Anath und die übrigen Anhänger von Eris ein Tor in den Aither öffneten, weil sie glaubten, er – nicht Elodie – sei der Kassandre, den sie suchten.

»Kennt ihre Bosheit denn keine Grenzen?«, knurrte Thwaites.

Die Augen von Avery Hardaker hatten sich mit Tränen gefüllt, und er schluckte. Als er endlich sprach, war seine Stimme ein kratziges, schwaches Flüstern. »Matthew hatte so hart für seine Doktorarbeit geschuftet. Dazu noch ein neugeborenes Baby ... Ich dachte, das wäre zu viel für ihn gewesen. Ich kenne viele brillante Geister, die ganz ähnliche Zusammenbrüche hatten. Nur hat er sich nie erholt. Es war, als hätte man in seinem Verstand einen Schalter umgelegt.« Er atmete rasselnd aus. »Dabei war es das Mysterium von Eris, das ihm das angetan hat.«

Natalie schlang die Arme um seinen Hals. Schweigend hielten sie sich aneinander fest. Als sie sich schließlich voneinander lösten, erzählte Natalie weiter.

»Als ich Dad besucht habe, hat er ständig einen Satz wiederholt.«

»Nonsens, würde ich meinen«, sagte ihr Großvater. »Wenn er dem Aither direkt ausgesetzt war, sind seine neuronalen Verbindungen mit Sicherheit permanent geschädigt.«

»Ich glaube nicht, dass es Nonsens war«, erwidere Natalie. »Er nannte mich *Tochter*.«

Die Augen ihres Großvaters leuchteten. »Das hat er gesagt?«

Natalie nickte. »Er hat gesagt: *Meine Tochter Janus*,

nichts stirbt, verändert sich nur. Du musst wählen, welche Maske du trägst. Was hat das zu bedeuten?«

»Klingt wie ein Rätsel«, meinte Thwaites.

Zu ihrer Überraschung lächelte ihr Großvater liebevoll. »Janus! Wirklich? Herrje!«

»Kannst du damit etwas anfangen?«

»Das war ein Scherz zwischen deinen Eltern. Janus ist der römische Gott der Türschwelle, eine Gottheit mit zwei Gesichtern – eins, das nach innen, eins, das nach außen blickt. Eins öffentlich, das andere privat, könnte man sagen. Andere huldigten ihm als Wächter über die Himmelsrichtungen: Nord, Süd, Ost und West.« Sein Lächeln wurde trauriger. »Dich nannten sie so, weil du ein Kind mit zwei Seiten warst: im einen Moment strahlend und lächelnd, im nächsten eine kleine Plage, die die ganze Nacht über gebrüllt hat! Elodie fand das witzig.«

Den Namen ihrer Mutter aus dem Mund ihres Großvaters zu hören, kam so selten vor, dass Natalie es richtig komisch fand. Sie hatte ihre Mutter nie kennengelernt. Doch für ihren Großvater musste es sehr schmerzvoll sein, zu wissen, dass Elodie D'Anjou irgendwo da draußen war. Selbst wenn der Zusammenbruch ihres Mannes nicht wirklich ihre Schuld war, hatte sie ihn doch auch nicht beschützt. Und sie war auch nicht geblieben, um Natalie großzuziehen. Doch vielleicht steckte mehr dahinter.

»Granddad«, sagte Natalie. »Da gibt es noch was, was ich dir erzählen muss.«

»Noch ein Geheimnis?«, fragte er und hob dramatisch die buschigen weißen Augenbrauen.

»Einer der Gründe, warum ich gerne in den Aither tauche … Ich glaube, meine Mutter nutzt ihn, um mit mir in Kontakt zu treten.« Sie hörte, wie Thwaites überrascht grunzte.

Ihr Großvater lehnte sich in seinem Sitz vor. »Wie kommst du darauf, Natalie?«

»Ich höre immer wieder diese Stimme. Sie ruft mich, will, dass ich tiefer in den Aither eintauche … Ich glaube, sie hat mich zu Dad geführt, damit ich herausfinde, was ihm wirklich zugestoßen ist.«

Professor Hardaker faltete die Hände und verschränkte die knochigen Finger. »Sei auf der Hut, Natalie. Man kann nicht wissen, wem diese Stimme gehört.«

»Leider muss ich deinem Großvater recht geben …«, warf Thwaites ein. Natalie sah ihn böse an, und er verstummte.

Sie ballte die Fäuste. Am meisten ärgerte sie der Zweifel ihres Großvaters. Sie grub die Nägel in ihre Handflächen. »Aber von wem sollte sie denn sonst sein?«, fragte sie. »Sie will helfen.«

Ihr Großvater löste die Finger und griff nach ihrer Hand. Seine Haut war kühl und trocken wie Papier. »Natalie, deine Mutter hat euch verlassen, dich und deinen Vater. Das klingt jetzt grausam, aber das soll es gar nicht. Warum sollte sie sich auf einmal wieder um dich kümmern?«

Seine Worte trafen Natalie wie ein Schlag in die Magengrube, sodass sie kein Wort mehr herausbrachte. Sie zog ihre Hand fort und ging zurück zu ihrem Platz. Natalie liebte ihren Großvater und respektierte seine Meinung mehr als jede andere, trotzdem war sie sicher, dass er sich in diesem Fall von seinen Gefühlen täuschen ließ. Sie war überzeugt, dass sie recht hatte.

»Du hast mir beigebracht, nie etwas abzutun, solange ich keinen Beweis habe«, sagte Natalie eine Spur lauter als nötig.

»Ich weiß, mein Liebes«, sagte Professor Hardaker, doch Natalie hatte sich bereits abgewandt. Giles grummelte im Schlaf, als sie sich neben ihn auf den Sitz plumpsen ließ. Ein kleiner Teil von ihr wollte einfach nur die Augen schließen und sofort in den Aither abtauchen, aus reinem Trotz.

KAPITEL 9

HOROLOGIUM

Die Pendeluhr.
Die Zeit ist begrenzt.

In den frühen Morgenstunden landete der Jet in Brünn, im Osten der Tschechischen Republik. Während sich Thwaites um die Formalitäten bei der Grenzkontrolle kümmerte, besorgte Romain ein Mietfahrzeug, in das alle einstiegen. Wenig später rasten sie durch die Landschaft. Alle schienen schlechte Laune zu haben. Natalie vermutete, es lag daran, dass alle nervös waren. Ihr ging es nicht anders – was genau wollte der Rat des Mysteriums von ihr?

Über einen Fluss fuhren sie in die Stadt Olmütz. Natalie staunte über die Prachtstraßen, die von S-Bahn-Schienen und großen mittelalterlichen Bauten gesäumt wurden. Es war eine herrliche Stadt voll offener Plätze und barocker Kirchen. Giles dagegen wirkte wenig beeindruckt.

»Komischer Ort für ein Hauptquartier«, murrte er. »Wären London oder New York nicht viel logischer?«

»Der Rat ist eine Geheimorganisation«, antwortete Thwaites. »Alle paar Monate verlagert er seinen Standort, und nur einige wenige werden darüber informiert.«

»Die Stadt wurde vom römischen Kaiser Julius Caesar gegründet«, berichtete Natalies Großvater. »Früher war sie einmal sehr einflussreich – es war die Hauptstadt von Mähren, einem der drei historischen Königreiche Tschechiens.«

Romain parkte das Auto in einer gepflasterten Seitenstraße, und gemeinsam liefen sie über einen großen Platz, der von einer mächtigen barocken Säule mit vergoldeten Statuen dominiert wurde. Es gab auch einen Brunnen, der den antiken griechischen Helden Herkules mit einem Adler in der Hand zeigte, im Kampf mit einer siebenköpfigen Seeschlange. Rings um den Platz lagen zahlreiche Cafés mit geöffneten Markisen, in denen sich bereits eine Menge Gäste tummelten.

»Hier sind wir richtig«, sagte Thwaites und zog seine Krawatte gerade. »Die Dreifaltigkeitssäule.«

Natalie betrachtete das aufwendig gestaltete Monument, während Giles gegen einen Kiesel trat und einen Schwarm Tauben aufscheuchte. »Und wo versteckt sich das Orphische Mysterium?«

»Sie werden uns finden«, teilte ihm sein Vormund mit.

»Was? Soll das heißen, ihr wisst nicht mal, wo dieses Treffen stattfinden soll?«

Thwaites stierte ihn ungeduldig an. »Ich habe es dir doch bereits gesagt – es ist ein Geheimnis.«

Giles grinste. »Können wir wenigstens bei einer Bäckerei vorbeischauen? Ich bin am Verhungern.«

»Romain soll dir was holen, wenn dein Magen nicht abwarten kann. Er scheint ja auch sonst alles zu tun, was du ihm aufträgst.«

»Hey, ich kann nichts dafür, wenn Romain lieber zu mir hält als zu dir.«

Thwaites seufzte. Natalie überließ die beiden ihrem Gezanke und ging zu einem angrenzenden Bauwerk, das ihre Aufmerksamkeit erregt hatte. Es wirkte wie eine Mischung aus Kirche und Rathaus. In einem hohen zurückgesetzten Torbogen in der Wand befanden sich eine

Reihe von erleuchteten Zifferblättern – sechs insgesamt –, über denen ein vergoldeter Hahn prangte. Über und unter den Uhren sah man Bilder von Menschen in traditioneller Tracht.

Am Fuß der Mauer hockte eine bucklige Frau in einem zerlumpten Mantel, die auf dem Schoß einen knorrigen Gehstock balancierte. Sie trug eine Augenbinde, und in der freien Hand hielt sie eine scheppernde Dose. Natalie klopfte ihre Taschen ab.

»Tut mir leid«, sagte sie. »Ich habe nichts.«

Sie trat näher an die Uhren heran. Eine hatte eine gewöhnliche Zwölf-Stunden-Anzeige. Andere Mechanismen zeigten den Wochentag, den Monat und die Mondphase an. Das Blatt im Zentrum war eine Sternenkarte mit Tierkreiszeichen, die den sichtbaren Teil des Nachthimmels angab. Darauf war auch ein Zeiger in Form eines Drachen graviert.

»Faszinierend, nicht?«, sagte ihr Großvater, der über ihre Schulter spähte. »Die Uhr wurde im siebzehnten Jahrhundert erbaut, doch die Bilder stammen aus dem neunzehnten Jahrhundert, als die Kommunisten die Tschechoslowakei im Griff hatten.«

»Sie ist wunderschön«, meinte Natalie. »Was soll der Drache bedeuten?«

»Ah!« Das Gesicht ihres Granddads leuchtete vor Begeisterung. »Wenn Drache, Mond, Erde und Sonne eine Linie bilden, steht eine Finsternis bevor. Genauer betrachtet, sieht es so aus, als wäre die nächste in etwa vier Tagen.«

Schlagartig wurde Natalie kalt, als hätten sich Wolken vor die Sonne geschoben. Der Aither rief nach ihr, doch sie schüttelte sich, um der Versuchung zu widerstehen. »Hat das etwas zu sagen? Du meintest doch, im Traumbuch ist auch die Rede von einer Finsternis.«

Die Miene ihres Großvaters verriet Besorgnis. »Wenn ich das nur wüsste.« Er drehte sich zu Thwaites um, der mit einer kleinen Tasse Kaffee in der Hand in einem Café saß. »Ich will mal sehen, was unser Freund vorhat. Schließlich können wir nicht den ganzen Tag hier herumhocken.«

Als er ging, kam Giles zu Natalie. Er verputzte etwas, was wie ein dampfender Crêpe aussah.

»Hey, wo ist meiner?«, beschwerte sich Natalie.

Giles hörte auf zu kauen. In seinem Mundwinkel klebte Sahne.

»Tut mir leid! Wolltest du auch was?« Er hielt ihr den Crêpe hin. »Beiß ab.«

»Danke, lass gut sein«, lehnte sie ab.

Giles sah sich ebenfalls die Uhr an, während er nachdenklich kaute. »Was, glaubst du, wollen die von uns? Das Mysterium, meine ich.«

»Wahrscheinlich nur eine Standpauke halten«, meinte Natalie. »Dabei sollten wir eigentlich längst nach dem nächsten Omentext suchen.«

Noch einmal betrachtete sie die Anzeigen, als würden sie irgendwelche Antworten verbergen. Die Zifferblätter verschwammen. Der Aither holte sie aus der Realität. Er *wollte* sie.

»Weißt du was, ich nehm doch einen«, sagte sie. »Wenn es dir nichts ausmacht?«

»Klar doch«, versicherte Giles. »Kommt sofort!«

Während er losmarschierte, umklammerte Natalie das Geländer der astronomischen Uhr. Der Minutenzeiger bewegte sich schneller, zu schnell. Sie ließ zu, dass der Aither sie verschluckte.

Die Zeiger wirbelten. Über Natalie wurde der Himmel dunkel, wieder hell und erneut dunkel, als würden sich Nacht und Tag innerhalb von Sekunden abwechseln. Viermal schloss sich der Kreis. Die Planeten der Uhr drehten sich wild, bis sie sich auf einer Linie mit dem Drachen befanden. Der goldene Hahn stieß einen grellen, metallischen Schrei aus.

Als Natalie sich umdrehte, war der Platz verlassen, die Cafés lagen leer im düsteren Zwielicht. Ein Blick nach oben zeigte Natalie die dunkle Mondscheibe, eingefasst von der silbernen Linie der verdeckten Sonne. Eine Finsternis! Alles war grau und geisterhaft. Der Springbrunnen lief über. Unmöglich viel Wasser füllte den Platz, stieg bis über ihre Knöchel, ihre Knie, ihre Oberschenkel. Entsetzt sah Natalie, wie der Adler in Herkules' Griff kreischend die Flügel ausbreitete und sich in die Luft schwang. Das Wasser stieg bis an die untersten Fenster der umliegenden Gebäude und hob sie von den Füßen. Über ihr zog der Adler einen Kreis, bevor er auf sie herabschnellte. Sie wollte fort, doch es ging nicht. Schon streckten seine Klauen sich nach ihrem Gesicht aus. Mit einem grauenhaften Schrei warf Natalie die Hände vor die Augen …

»Geht es dir gut, meine Kleine?«, fragte eine Stimme.

Als Natalie die Hände sinken ließ, sah sie die Bettlerin mit der Augenbinde neben sich, gestützt auf ihren Stock.

»Äh … ja«, stammelte Natalie. »Mir geht's gut, danke.«

Die Frau lächelte und entblößte schiefe gelbliche Zähne. »Was hast du gesehen, mein Kind?«

Überrascht überlegte Natalie, was sie antworten sollte. »Es tut mir leid, ich weiß nicht, was Sie meinen.«

Die Frau packte sie kräftig am Arm. »Was hat der Aither dir gezeigt?« Natalie wollte sich losreißen, doch die Alte war stärker, als es den Anschein machte. »Fürchte dich nicht – wir sind diejenigen, die ihr sucht.«

Einige der anderen Menschen, die sich auf dem Platz tummelten, hatten sich neugierig zu ihnen umgedreht. Doch Natalie blieb ganz ruhig. »Sie gehören zum Orphischen Mysterium?«

Die Frau nickte. »Und du bist die Nachkommin von Idris Khalil.«

Natalie runzelte die Stirn. »Woher wissen Sie das? Sie sind bl… Sie können nichts sehen.«

»Nicht mit den Augen, nein«, antwortete die Frau. »Dafür spüre ich den Aither, der dich umgibt. Komm mit. Ich führe dich zum Rat. Bring deine Freunde mit.«

Wie sich herausstellte, hatten Avery Hardaker und Thwaites den Aufruhr bemerkt und kamen, gefolgt von Romain und Giles, bereits auf sie zu.

Die Frau grüßte sie nicht einmal, sondern eilte direkt zu einer Tür am Ende des massiven Gebäudes.

»Sie gehört zu Orpheus«, sagte Natalie.

»Bist du sicher?«, zweifelte Giles. »Sieht eher aus wie eine Spinnerin. Wahrscheinlich bringt sie uns in eine finstere Gasse und klaut uns die Brieftaschen.«

Die Frau blieb stehen. »Seien Sie versichert, Master Giles – Ihr großer Reichtum ist für mich nicht von Interesse.«

Thwaites wirkte beeindruckt. »Sie muss auf uns gewartet haben. Das ist genau der Stil des Rats. Ich bin zuversichtlich, dass wir ihr trauen können.«

»Na, solange *du* zuversichtlich bist ...«, murrte Giles und grinste Natalie an, als sie zu ihm schaute. Doch sie war zu aufgewühlt, um die Geste zu erwidern. Die merkwürdige Vision von dem überlaufenden Springbrunnen und dem Adlerangriff hatte in ihrem Bauch eine kalte Leere hinterlassen. Sie war sicher, es war ein Vorzeichen. An der Tür trug Thwaites Romain auf, draußen auf sie zu warten. Romain warf Giles einen Blick zu, und er nickte ihm zu. Giles hielt Natalie einen Crêpe hin. »Willst du den jetzt noch?«

»Gib ihn Romain«, sagte sie. Natalie war der Appetit vergangen.

Das Innere des Rathauses war zu einem Museum umgestaltet worden. Die blinde Frau führte sie an verschiedenen Schaubildern vorbei, auf denen es um die Geschichte von Olmütz ging. Vor einem Bereich, der mit einem Tau abgegrenzt war, stand ein Museumswärter. Doch als sie sich näherten, trat er zur Seite. Natalie konnte sich nicht erklären, wie ihre Führerin den Weg fand, doch sie bewegte sich sicher – durch einen Vorhang auf eine Holztür zu. Eine Treppe führte in einen niedrigen Gang mit einer Gewölbedecke aus Stein. Am Ende erwartete sie eine Flügeltür, viel älter und verstärkt mit Metallbeschlägen. Die Frau hob den Stock und klopfte zweimal an. Zur Antwort ertönten dröhnende Echos. Unter der Erde war es wesentlich kühler, und Natalie bekam eine Gänsehaut.

Knarrend öffnete sich die Tür.

Der Raum dahinter war größer als erwartet. Eine Reihe von steinernen Torbögen stützte ein Gewölbe, das von flackernden Fackeln erhellt wurde. Die Luft roch nach süßem Weihrauch. Am Rand saßen auf Holzstühlen mit hohen Rückenlehnen mehrere Gestalten. Zwölf insgesamt. Sie trugen schlichte weiße, identische Masken mit Augenlöchern und großen Mundöffnungen. Allerdings hatten sie keine gruseligen Verzierungen wie Hörner oder Schädel. Außerdem war der Orphische Rat nicht in religiöse Roben, sondern in normale Anzüge gekleidet.

»Seid gegrüßt«, erklang eine Stimme. Vielleicht lag es an der Architektur des Raums, in dem alles widerhallte. Jedenfalls ließ sich unmöglich sagen, welche der sitzenden Gestalten gesprochen hatte.

»Äh … hi«, antwortete Natalie.

»Wir sind gekommen, wie gewünscht«, sagte Thwaites nervös.

»Ihr habt gut daran getan, uns die Bitte nicht abzuschlagen«, sagte die seltsame Stimme, die von überallher zu kommen schien.

»Nette Masken«, sagte Giles.

»Dieser Junge ist keiner von uns«, sagte der Sprecher des Rats. »Ihr kennt die Regeln, Lord Thwaites.«

»Er ist mein Mündel«, antwortete Thwaites. »Man kann ihm trauen.«

»Vielleicht könnten wir zum Punkt kommen«, sagte Natalies Großvater.

»Gerne«, hallte die Stimme. »Ihre Enkelin hat sich unseren ausdrücklichen Wünschen widersetzt. Sie hat ihre Kräfte eingesetzt und uns alle in Gefahr gebracht.«

»Sie weiß, dass es ein Fehler war«, sagte Hardaker. Natalie fand es gar nicht gut, dass man über sie redete, als wäre sie nicht da. »Sie lernt erst noch. Ich kann dem Rat versichern …«

»Verzeihung!«, unterbrach Natalie ihn. »Ich kann für mich selbst sprechen.«

Ein vereintes Keuchen ging durch die Reihen der Kultanhänger.

»Nun gut«, ertönte die Antwort. »Dann rechtfertige dich.«

Natalie trat vor. Sie wusste nicht, ob sie eine bestimmte Person ansprechen sollte, also drehte sie sich beim Sprechen. »Idris Khalil, *mein* Vorfahr, sagte, ich wäre die Einzige, die die Apokalypse aufhalten kann. Genau das versuche ich.« Sie wollte ihnen von ihrer Vision der Finsternis und dem Wasser draußen auf dem Platz erzählen. Bedeutete es, dass die Tage bis zur nächsten Katastrophe bereits gezählt waren? Hatten sie mit einer Finsternis und einer Flut zu rechnen, so wie beim Untergang Ägyptens?

»Du bist nur ein Kind«, sagte die Stimme. »Du kannst den Lauf des Schicksals nicht beeinflussen.«

Natalie stieg die Hitze ins Gesicht. »Khalil war da anderer Meinung.«

Eine der zwölf Gestalten in der Mitte beugte sich vor. Da begriff Natalie, dass die Stimme, die sie gehört hatten, von ihr stammte. Es war ein Mann mit einem leichten italienischen Akzent. »Khalil war ein Mensch. Und Menschen sind fehlbar. Er hat der Königin Caterina von Frankreich vertraut, und auch sie hat ihn enttäuscht. Ihr Reich ging unter, und Tausende verloren ihr Leben.«

»*Ich* werde ihn nicht enttäuschen!«, entgegnete Natalie.

Einen Moment verschlugen ihre Worte den Gestalten im Anzug die Sprache. Natalies Großvater legte ihr eine tröstende Hand auf die Schulter.

»Sie hat eine Menge durchgemacht«, sagte er. »Ich glaube an sie. Sie hat die erste Omenschrift gefunden, von der Idris Khalil geredet hat.«

Ein Raunen ging durch den Rat.

»Professor, auch wenn Sie keiner von uns sind, haben Sie uns treu gedient. Doch in dieser Sache müssen Sie unsere Warnung ernst nehmen. Wir stehen am Abgrund, und der kleinste Fehltritt wird uns ins Chaos stürzen. Unsere Kassandren haben selbst im Aither gelesen, und wir haben den verheißungsvollsten Weg festgelegt, unserem Feind entgegenzuwirken. Noch gibt es eine Chance, Eris zu besiegen, doch wir müssen gemeinschaftlich handeln und dürfen nur einen einzigen Weg verfolgen.« Pause. »Ihre Enkelin muss davon ablassen, den Aither zu besuchen.«

»Entschuldigung – ich bin rein zufällig hier!«, mischte Natalie sich ein. »Was, wenn ich nicht davon *ablassen* will?«

Sie spürte, wie der Griff ihres Großvaters auf ihrer Schulter fester wurde. »Natalie ... nicht«, murmelte er, und zum ersten Mal hatte sie tatsächlich ein bisschen Angst vor den maskierten Gestalten, die sie musterten. Als der Rat erneut sprach, war die Stimme streng, aber gleichzeitig mit einem Hauch von Mitgefühl.

»Miss Hardaker, wir führen diesen Krieg nun seit über fünftausend Jahren. Wir kennen die Kosten und Konsequenzen. Es ist nicht ausgeschlossen, dass wir diese Schlacht verlieren, aber der Krieg wird nicht vorbei sein.«

Natalie musste an die Vision denken, die sie durch das Teleskop gesehen hatte – den Untergang der Zivilisation, wie sie sie kannte.

»Es ist mehr als nur eine Schlacht«, sagte sie. »Tausende werden sterben.«

»Tropfen im Fluss des Schicksals«, entgegnete der Rat. »Millionen werden leben.«

»Moment mal«, mischte Giles sich ein. »Meine Eltern sind für euch Typen gestorben. Haben Ihre Kassandren das auch vorhergesehen? Waren sie auch nur Tropfen?«

»Sie gaben ihr Leben für die Stabilität«, sagte der Rat. »Sie wussten, wie wertvoll ihr Opfer war.«

»Nicht besonders viel, wie's aussieht«, meinte Giles, »wenn Sie das Chaos jetzt trotzdem so einfach anrücken lassen. Mir reicht's. Komm, Natalie, lass uns abhauen.« Er lief zur Tür, doch als er sie öffnen wollte, rührte sie sich kein Stück. Nachdem er es ein paarmal versucht hatte, trat Giles wütend dagegen. »Lasst mich raus! Romain!«

»Ich entschuldige mich für sein Benehmen«, sagte Thwaites. »Es war ein bisschen viel auf einmal.«

»Das ist verständlich«, räumte der Rat ein. »Doch unsere Geduld kennt ein Ende.«

»Also *wie* lautet der Plan?«, meldete sich Avery Hardaker zu Wort. »Der Omentext, den wir entdeckt haben, lässt darauf schließen, dass der Lauf des Schicksals sich wiederholen könnte. Natalie … sie hat etwas gesehen, im Aither – ein Vorzeichen in den Sternen.« Er schaute sie entschuldigend an. »Wir glauben, es könnte eine bestimmte Person geben, die für die Apokalypse verantwortlich sein wird – symbolisiert durch den Stern Sirius.«

Einer der Kultanhänger hob die Hand – offenbar war er derjenige, der bisher geredet hatte. »Wir sind derselben Ansicht. Und seid versichert, wir ergreifen Maßnahmen, um gegen den Einfluss unseres Feindes vorzugehen.«

»Und das ist alles?«, sagte Natalie. »Wir sollen uns einfach raushalten?«

»Wir möchten, dass du dich aus dem Aither fernhältst, bevor du mehr Schaden anrichtest als Gutes tust.«

»Aber das ist ja das Problem!«, meinte Natalie. »Ich kann meinen Nous nicht kontrollieren.«

Noch einmal beriet sich der Rat flüsternd, doch dann meldete sich die blinde Bettlerin zu Wort.

»Bitte, meine Mystai-Gefährten«, sagte sie. »Vielleicht könnte ich das Mädchen darin unterrichten, sich im Aither zu tarnen.«

»Sie ist zu jung«, erschallte die Antwort. »Sie ist ungestüm. Sie kennt unsere Gebräuche nicht.«

»So toll kommen mir die bisher eh nicht vor«, grummelte Natalie.

»Sie hat keinerlei Respekt für Orpheus«, fügte der Rat hinzu.

»Ich kann ihr Respekt beibringen«, sagte die Blinde. »Wir alle werden sicherer sein, wenn sie sich bedeckt halten kann.«

Natalie hatte keine Ahnung, was *bedeckt* heißen sollte, doch es freute sie, dass sich endlich jemand für sie einsetzte.

»Nun gut«, beschloss der Rat. »Natalie, die Gesichtslose wird deine Führerin sein. Hör gut auf jedes einzelne ihrer Worte.«

»Warum sollte ich?«, fragte Natalie. »Bisher sind wir bestens allein klargekommen.«

Der Redner stand auf. Einen Sekundenbruchteil später erhoben sich auch andere von ihren Stühlen. Plötzlich wirkten sie viel bedrohlicher, sodass Natalie dicht zu ihrem Großvater rückte.

»Der Rat hat gesprochen. Ohne unser Einverständnis dürft ihr Olmütz nicht verlassen. Tut ihr es doch, bei Orpheus, erwartet euch Dis.«

Die Türen neben Giles öffneten sich. Natalie betrachtete die maskierten Gesichter, die sie umringten, und wusste, dass Widerspruch zwecklos war. Ihre Audienz beim Orphischen Rat war vorbei.

KAPITEL 10

DER GEIST

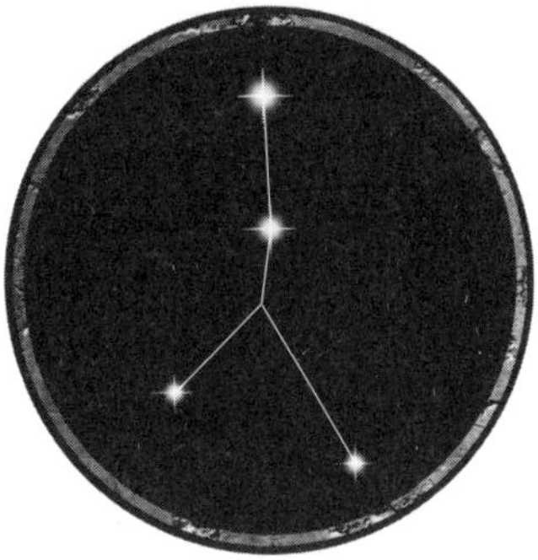

Chinesisches Sternbild.
Geister erwachen.

Thwaites und Professor Hardaker blieben beim Orphischen Mysterium, während die blinde Bettlerin – oder die Gesichtslose, wie man sie nannte – Natalie und Giles den Weg zurückführte, den sie gekommen waren: durch den niedrigen Gang hinauf zum Museumsladen des Rathauses.

»Dann spielen wir einfach so mit?«, flüsterte Giles leise.

»Der Rat kann streng sein«, sagte die Frau, die vorausging. Ihr Gehör musste wirklich gut sein, wenn sie Giles verstanden hatte. »Doch in diesem Fall hat er recht. Deine Gabe ist bemerkenswert, Natalie, aber sie birgt auch ein hohes Risiko. Wenn du lernen kannst, dich im Aither zu tarnen, ist es viel sicherer.«

Romain wartete draußen, einen kalten, schlaffen Crêpe in der Hand. Giles nahm ihn und biss ein Stück ab.

»Was sollte das eigentlich? Von wegen, sie wollen uns *dissen* oder so?«, fragte er.

Natalie lächelte grimmig. »Dis ist der römische Gott der Unterwelt«, erklärte sie. Giles hörte auf zu kauen und warf den Rest in einen Mülleimer.

»Also töten sie uns, wenn wir die Stadt verlassen?«

»Oder ihr lauft eurem Tod selbst in die Arme«, sagte die Gesichtslose.

Giles kaute nachdenklich. »Dann sollten wir wohl auf sie hören – immerhin können diese Typen in die Zukunft sehen.«

Die Blinde führte sie über den Platz zu einem Gebäude mit dem Namen Moravske Divadlo. In mehreren Sprachen, unter anderem auch Englisch, stand auf einem Schild, dass es geschlossen war. Doch die Bettlerin brachte sie durch einen seitlichen Bogengang zu einem Nebeneingang. Sie betraten einen schmuddeligen Korridor und schlossen hinter sich die Tür.

Der nächste Raum sah aus wie ein baufälliges Modegeschäft. An Kleiderstangen hingen zahllose Gewänder, einige ziemlich aufwendig mit Rüschen verziert, andere grellbunt. Als sie das Zimmer dahinter betraten, in dem vor einer Reihe Spiegel Stühle standen, begriff Natalie, dass sie in einer Garderobe waren.

»Das ist ein Theater!«, sagte sie.

»Eine Oper«, erklärte die Gesichtslose. Vor einem der Stühle blieb sie stehen und griff sich an den Hinterkopf, um die Augenbinde zu lösen. Nachdem sie das Tuch auf einen Tisch geworfen hatte, schlüpfte sie aus ihren schmutzigen Kleidern. Natalie wandte den Blick ab. Als sie wieder hinsah, trug die Frau ein sauberes weißes Gewand und eine dunkle Sonnenbrille. Mit einem Wattebausch wischte sie sich den Dreck aus dem Gesicht, bis saubere Haut zum Vorschein kam. Schließlich fasste sie sich in den Mund und zog eine Zahnprothese heraus. Ihre echten Zähne waren gleichmäßig und weiß. Sie öffnete ihr Haarband, schüttelte ihre Mähne und kämmte dann mit einer Bürste die Knoten aus.

Eine echte Verwandlungskünstlerin, dachte Natalie.

»Sind Sie auch eine Kassandre?«, wollte Giles wissen, der verblüfft zuschaute.

»Gewissermaßen«, antwortete die Frau. »Ich bin eine Sucherin und Obscura. Unerkannt bereise ich den Aither und habe die Fähigkeit, andere Kassandren aufzuspüren.«

»Aber Sie sind blind …«, sagte Giles.

»Gut beobachtet.« Die Frau lächelte freundlich. »Ohne Augen sind meine anderen Sinne umso feiner. Ich kann meine Umgebung lesen, spüre Bewegungen, Dinge und Gefahr. Es ist nicht so leicht zu erklären.« Sie legte die Bürste weg. »Kommt mit, fangen wir an.«

Sie lief zu einem Schrank und öffnete ihn. Im Innern hingen an Haken mehrere Masken: Tiere und Gesichter, manche gruselig, andere witzig. Ein paar sahen alt aus, bei einigen war sich Natalie sogar fast sicher, dass es Originale waren, die vielleicht bei Ausgrabungen entdeckt worden waren oder aus Museen und Privatsammlungen stammten.

»Such dir eine aus«, sagte die Frau. »Sie wird im Aither dein Alter Ego sein – das Gesicht, das diejenigen sehen, die nach dir suchen.«

Natalie wusste sofort, welche sie wollte, und griff nach der Maske, die zwei Gesichter zeigte: eine Hälfte lachte, die andere schaute mürrisch.

»Janus«, sagte sie. Die Maske bestand aus kunstvoll geschnitztem Holz und konnte mit Klemmen an den Ohren befestigt werden. Zu ihrer Überraschung lächelte die Gesichtslose, fragte aber nicht, warum Natalie sich gerade für diese entschieden hatte. Sie selbst nahm sich eine Katzenmaske.

»Krieg ich auch eine?«, fragte Giles, doch die Frau hatte den Schrank schon wieder geschlossen.

Anschließend führte sie die beiden durch einen Gang voller Poster und Fotos von Schauspielern auf der Bühne.

Nachdem sie eine Tür durchschritten hatten, ragten über ihnen Pfosten und Gerüste auf, von denen aus man Bühnentechnik und Beleuchtung bedienen konnte. Dann liefen sie über die Holzbretter einer Bühne und blickten auf die Sitzreihen eines prächtigen Zuschauerraums. Natalie hatte noch nie verstanden, was der Reiz beim Schultheater war, wo Hunderte von Augenpaaren auf einen gerichtet waren. Selbst vor den leeren Stühlen kam sie sich klein und schüchtern vor. *Vielleicht muss das ja so sein …*

»Setzen wir uns«, sagte die Gesichtslose. Natalie gehorchte, während Giles unsicher ein Stück entfernt stehen blieb. »Warum suchst du dir nicht ein bequemes Plätzchen im Zuschauerraum?«, schlug die Gesichtslose vor.

»Klar«, meinte Giles. »Gibt's auch Popcorn?«

Natalie merkte ihm an, dass auch er nervös war. Immerhin konnte er anscheinend noch Witze reißen. Sobald er sich auf einen Stuhl in der ersten Reihe gesetzt hatte, drehte sich die Frau zu Natalie und nahm ihre Hände.

»Wie tauchst du sonst immer in den Aither ein?«, fragte sie.

Natalie schluckte. »Es fängt an mit einem Gefühl – so ein Druck im Kopf. Den lasse ich dann einfach frei und … na ja, irgendwie verschluckt mich der Aither. Ich kann gar nichts dagegen machen.«

»Beachtenswert«, sagte die Frau. »Dein Nous muss wirklich sehr mächtig sein. Viele Kassandren tun sich ungeheuer schwer, in den Aither einzudringen, und natürlich sehen sie nur indirekt hinein, mit der Hilfe verschiedener Medien: Rauchmuster, Knochenwurf, Vogelflug, den Verlauf von Sternen und Planeten.«

»Mir zeigen die Sterne Bilder.«

»Ja. Dein Nous verstärkt deine *normalen* Seherfähigkeiten, die von Medien abhängig sind. Doch nur den Nous einzusetzen, kann viel stärker sein – aber auch gefährlicher. Ich vermute, dass er dir reine Visionen ermöglicht, ebenso wie du durch ihn instinktiv findest, wonach du suchst.«

»Dem Rat scheint das nicht besonders zu gefallen«, sagte Natalie.

»Der Rat hat Angst vor dir«, sagte die Mystai. »Kräfte wie deine sind selten. Und ich verstehe ihre Angst. Du hast kaum Kontrolle über deinen Nous.«

»Wem sagen Sie das!«

»Nun. Ich möchte, dass du ab sofort nicht mehr von dir als Natalie denkst. Sobald du den Aither betrittst, bist du Janus.«

»Nur weil ich die Maske trage?«

»Du musst es dir vorstellen«, erklärte die Gesichtslose. »Manchmal hilft es, sich ein Mantra vorzusprechen. Bestimmte Worte und Phrasen haben im Aither Macht. Sie sind uralt und wurden schon von vielen aufgesagt, lange vor uns – sie hallen durch die Zeiten. Mit ihnen kann man den Aither manipulieren, ebenso wie das Bild, das andere Kassandren von ihm wahrnehmen. Ein bisschen, als würde man das Spiegelbild in einem Teich durch Wellen undeutlich machen. Das Wichtigste dabei ist, dass du an das, was du sagst, fest glaubst. Willenskraft ist das, womit man den Aither am stärksten beeinflusst. Sie kann selbst das Schicksal verändern. Willst du es versuchen?«

Die Berührung der Frau war warm und beruhigend. Obwohl Natalie sie gerade erst kennengelernt hatte, fühlte sie sich bei ihr sicher.

»Gerne.«

»Sprich mir nach: *Ich bin Janus. Ich öffne Tore. Ich trage diese Maske, um in den Aither zu blicken, ohne dass andere mich sehen.* Jetzt üben wir das – sag du es.«

Natalie wiederholte die Worte zögernd. Einen Satz nach dem anderen.

»Gut – und jetzt mit der Maske«, sagte ihre Lehrerin.

Natalie setzte die Maske auf. Die Welt schrumpfte auf den eingeschränkten Blickwinkel der Augenlöcher zusammen. Hinter dem Holz fühlte sich Natalies Atem heiß an. Giles behielt sie aufmerksam im Auge.

»Ich bin Janus. Ich öffne Tore. Ich trage diese Maske, um in den Aither zu blicken, ohne dass andere mich sehen.«

Die Frau stand auf und verschwand außer Sichtweite. »Noch einmal. Diesmal stellst du dir außerdem vor, wie der Aither sich für dich öffnet.«

Noch während die Gesichtslose redete, spürte Natalie das Kribbeln in den Schläfen. In der Mitte der Bühne schienen sich die Holzbretter zu bewegen. Dort gab es eine Falltür. Wie komisch, dass ihr das erst jetzt auffiel. Natalie wiederholte die Worte.

Die Klappe öffnete sich nach unten und offenbarte ein leeres schwarzes Viereck. Obwohl Natalie sicher war, dass sie noch immer auf der Bühne hockte, bewegte sich ihr Körper darauf zu – oder die Luke kam zu ihr.

»Es funktioniert«, sagte sie.

»Gut«, erklang die Stimme der Frau von fern. »Denk an dein Alter Ego. Du bist nicht länger Natalie Hardaker.«

Nein. Ich bin Janus …

Sie sank in die Schwärze, bis ihre Füße auf festen Grund trafen. Kurz verlor sie die Balance und streckte Halt suchend die Hände aus. Sie spürte kalten, unebenen Stein unter ihren Fingerspitzen. Eine zerklüftete Felsmauer. Langsam gewöhnten sich ihre Augen an die Dunkelheit, und ihr wurde klar, dass sie in einer Art unterirdischem Tunnel stand. Bestimmt nicht unter dem Theater, sondern in einem ganz anderen Bereich der Existenz. *Im Aither.*

Von irgendwo vor ihr gelangte das Geräusch von Wasser an ihre Ohren. Ein rhythmisches Tropfen.

»Tauche tiefer ein«, sagte eine Stimme. Es war nicht die der Gesichtslosen. Das Flüstern kam von weiter vorne, aus dem Innern des Tunnels. Aber konnte das überhaupt möglich sein? Natalie war nun Janus. Wie sollte die Frau wissen, dass sie es war? *Es sei denn, sie waren durch etwas stärkeres verbunden. Durch Blut …*

»Mum?«, fragte sie.

»Ja! Komm, Natalie. Ich bin hier.«

Die Stimme schien sich ein Stück entfernt zu haben. Hastig stolperte Natalie ihr nach.

»Ich kann nichts sehen, Mum«, sagte sie. »Ich kann dich nicht finden.«

»Du musst tiefer eintauchen. Mit der Maske, die du trägst, kann ich dich nicht so gut finden. Zeig mir, wer du bist.«

Aus dem Tropfen war ein konstantes Plätschern geworden, als hätte sich der Strom vergrößert. Natalie strengte ihre Augen an und meinte, im Zwielicht vor sich eine Gestalt zu erkennen. Eindeutig eine Frau. Über ihrem Kopf glitzerten in einer krummen Linie drei Lichtpunkte. Sie drängte vorwärts, doch auch die Gestalt und die Punkte bewegten sich, blieben außer Reichweite. Weitere Lichter gesellten sich dazu und schwebten in der Luft, bis Natalie begriff, dass sie das Sternbild Orion vor sich hatte. Es reckte sich, als ob der Schütze lebendig wäre. Was hatte das zu bedeuten? Dass sie ihrer Mutter hinterherjagen sollte?

Natalie rannte los, doch plötzlich griff etwas nach ihrem Arm. Als sie sich umdrehte, sah sie neben sich ein Gesicht leuchten. Zwei Katzenaugen glühten im Dunkel.

»Wach auf!«, sagte eine ferne Stimme. »Komm zurück!«

Langsam verschwand Orion aus Natalies Blickfeld, er funkelte nur noch schwach. Die Gestalt darunter war mit der Schwärze verschmolzen. Natalie wollte ihr nacheilen, doch die Hand an ihrem Arm ließ nicht locker. Sie zerrte an ihr, riss sie von den Füßen und in die Höhe. Über ihr tauchte ein viereckiges Licht auf, das immer größer wurde, heller, bis sie die Augen schließen musste …

Blinzelnd blickte sie in die Augen des Katzengesichts.

»Wach auf, Natalie«, sagte die Gesichtslose. Auch Giles beugte sich besorgt über sie.

»Geht's ihr gut?«, fragte er.

Natalie dämmerte, dass er von ihr redete. Nur langsam wurde ihr Blick klar. Erst sah sie die schweren Falten des Bühnenvorhangs, dann das Trapez mit der Beleuchtung darüber. Sie lag auf dem Rücken, auf der Bühne. Die Falltür neben ihr war geschlossen.

»Ich muss zurück«, murmelte sie und zeigte darauf. »Sie war da.«

»Wer war da?«, wollte die Gesichtslose wissen.

»Meine Mutter.«

Giles schaute die maskierte Frau an, die zusammenzuckte. »Du glaubst, deine Mutter ist im Aither?«

»Orion war auch da«, berichtete Natalie. »Er will, dass ich sie finde.«

»Eins nach dem anderen«, bremste die Frau sie und fasste sich wieder. »Du bist zu tief vorgedrungen, Natalie. Ich konnte dich gerade so noch finden und zurückholen.«

»Das war gar nicht nötig!«, sagte Natalie verzweifelt. »Ich war so dicht dran! Sie verstehen das nicht.«

Die Gesichtslose schüttelte den Kopf. »Ich weiß sehr wohl, dass es im Aither beides gibt, Wahrheit und Lüge«, sagte sie. »Du musst dich vor Stimmen in Acht nehmen, Natalie. Der Aither verbindet alle Geister, tote und lebendige, in alle Ewigkeit. Bitte, du *musst* vorsichtig sein! Wenn du zu tief eintauchst, kehrst du womöglich nie wieder zurück.«

Natalie nahm die Maske ab. Wer sonst hätte sie erkennen können, trotz ihrer Verkleidung? Es musste ihre Mutter sein.

»Ich will es noch einmal versuchen«, sagte sie drängend.

KAPITEL II

AQUILA

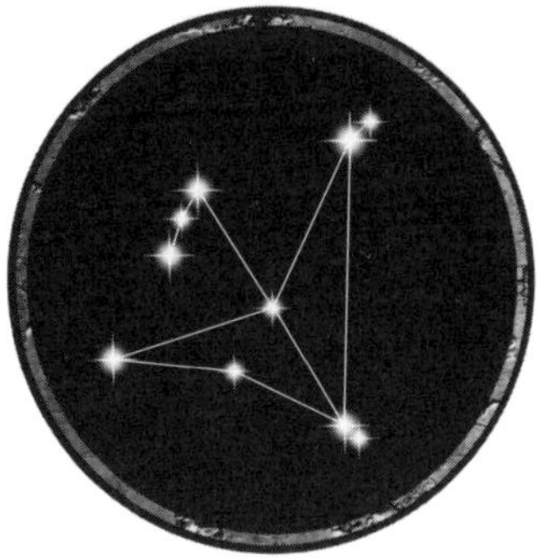

Der Adler.
Scharfe Augen sehen gut.

Ladon humpelte die Haupttreppe der Villa hinauf. Trotz der vielen Schmerzmittel tobten in seinem Oberkörper dank der gebrochenen Rippen grässliche Qualen. Und seine komplette linke Seite war voller lila Prellungen. Aber egal – auch Eris spürte seinen Schmerz, und die Göttin hatte ihm Gnade erwiesen. Sie hatte sein Leben verschont und auch das seiner Gefährten, als der Erdrutsch in Ägypten sie erfasst hatte.

»Warum hat das so lange gedauert?«, empfing Johann Schar ihn, als Ladon den großen Vorraum betrat. Auf der Schwelle blieb er stehen. Sein Meister stand mit dem Rücken zur Tür inmitten der Kadaver dreier Ziegen. Die Tiere waren aufgeschlitzt, sodass ihre Eingeweide sich auf dem Marmorboden ausgebreitet hatten. Egal wie viel Weihrauch sie verbrannten, es würde niemals reichen, um den Gestank nach Schlachthaus zu überdecken. Am Saum und an den Ärmeln von Schars Robe klebte Blut, ja selbst an der Maske, die er trug.

»Schuld waren unsere Verletzungen, Großer Mystai«, antwortete Ladon. »Hekuba ist noch immer nicht bei Bewusstsein, und Diomedes hat schwere Wunden davongetragen. Das Mädchen hatte einen Leibwächter …«

»Romain, ja«, sagte Schar. Er hatte ein kleines Bündel Zweige und Blätter vor sich aufgehäuft. »Bringt ihr auch irgendwelche guten Neuigkeiten?«

Ladon verneigte sich. »Ich spüre das Mädchen im Aither, kann sie aber nicht lokalisieren. Es ist möglich, dass sie gelernt hat, sich vor uns zu verbergen.«

»Dann unterrichtet sie jemand«, sagte Schar. »Ich habe ihr Flugzeug bis in die Tschechische Republik verfolgt. Möglicherweise haben unsere Feinde dort ein neues Versteck gefunden.«

»Soll ich dem nachgehen?«, fragte Ladon.

Mit einem brennenden Holzspan entfachte Schar den kleinen Haufen. Schnell loderte ein Feuer auf, das stark rauchte. Als er zurücktrat, schimmerte seine gehörnte Maske im orangen Glühen, das gespenstische Schatten an die Wände malte.

»Nicht nötig. Unsere Feinde werden übermütig, und genau das wird ihnen zum Verhängnis werden.«

Schar bückte sich und warf ein Stück Tierknochen ins Feuer, wo er knisternd aufplatzte. Während er den brennenden Knochen beobachtete, nahm er die Maske ab. Sein Gesicht war voller Schweiß. Als er um das Feuer lief und die Flammen betrachtete, fiel Ladon auf, dass er einen von Ninia Kanes MindTouch-Knöpfen an der linken Schläfe trug. Schar streckte die Arme übers Feuer und bewegte die Hände im Rauch.

»Wo bist du?«, fragte er beschwörend. »Komm heraus. Komm zu mir.« Seine ausgestreckten Arme versteiften sich, und seine Augen rollten in die Höhlen zurück, sodass nur noch Weiß zu sehen war. »Da! Da bist du!«

»Könnt Ihr das Mädchen sehen?«, fragte Ladon. Wenn überhaupt jemand sie finden konnte, dann Schar.

»Nicht das Mädchen suche ich«, entgegnete der Große Mystai mit einem grausamen Lächeln.

Während seine Gestalt von einem Zittern geschüttelt wurde, tanzte und kräuselte sich der Rauch über ihm. Ladon blinzelte und konnte kaum glauben, was er da sah: Die Formen, die der Rauch annahm, waren alles andere als wahllos. Sie bildeten den Oberkörper eines Mannes – ein Mann mit einem gespannten Bogen und einem aufgelegten Pfeil, bereit zum Schuss.

Der Jäger.

Orion!

KAPITEL 12

JAWZA

Die Zwillinge in der altarabischen Astronomie.
Ein zerrissener Geist tritt auf.

Die Uhren unten im Haus läuteten, und die Kirchenglocken von Olmütz antworteten mit elf Schlägen. Von ihrem Aussichtspunkt oben auf dem Rathaus aus waren die Gebäude der Stadt bloße Silhouetten vor dem Nachthimmel. Obwohl hier und da Menschen auf den Straßen und dem großen Platz unterwegs waren, lag der Großteil von Olmütz ruhig da. Natalies Großvater und Thwaites waren im Apartment, das sie in einem der mittelalterlichen Viertel angemietet hatten. Romain wartete unten in der Nähe der Dreifaltigkeitssäule, so reglos, als wäre er selbst aus Stein.

Natalie wusste, dass sie selbst noch eine ganze Weile nicht zur Ruhe kommen würde. Eingewickelt in einen Mantel, lag sie auf dem Rücken und blickte in den klaren Nachthimmel. Die Milchstraße sah aus wie eine Spur aus Puder, und sämtliche Sternbilder leuchteten hell.

»Ich weiß nicht, wovor der Rat sich so fürchtet«, sagte sie. »Es ist fast, als würden sie sich mehr Sorgen um mich als um das Mysterium von Eris machen. Die denken nicht mal darüber nach, ob wir helfen könnten oder nicht.« Neben ihr gähnte Giles laut. »Sag mal, langweile ich dich etwa?«

»Ah … nein, gar nicht«, antwortete Giles und setzte sich auf. »Das liegt nur an den Sternen … Die sehen für mich alle gleich aus.«

»Echt? Dabei verändert sich der Nachthimmel ständig.«

Ihre Finger spielten mit der Maske in ihrer Hand. Sie überlegte, ob sie sie aufsetzen sollte, hier und jetzt, um mit ihrem Nous in den Aither einzudringen. Aber sie traute sich nicht. Nicht, solange der Orphische Rat nur ein paar Etagen unter ihnen tagte. Sie wusste nicht, wie mächtig die Orphischen Kassandren waren, doch wenn einer von ihnen sie ohne Erlaubnis im Aither erwischte, wollte sie gar nicht wissen, welche Strafe ihr blühte.

Stundenlang hatte sie am Nachmittag noch mit der Gesichtslosen geübt. Sie hatte den Aither nie länger als wenige Sekunden am Stück besucht und war nie zu tief vorgedrungen. Inzwischen hatten sich die Worte ihres Tarn-Mantras eingeprägt, und die blinde Frau schien mit Natalies Fortschritt zufrieden zu sein. *Aber vielleicht will ich mich gar nicht verbergen,* überlegte Natalie und dachte an die Stimme, die nach ihr gerufen hatte. Die Stimme ihrer Mutter. *Vielleicht will ich gefunden werden.*

»Ich frage mich, was Lionel vorhat«, sagte Giles.

Natalie war exakt derselbe Gedanke gekommen. Thwaites und ihr Großvater hatten den Großteil des Tages mit den Mystai von Orpheus verbracht. Natalie überlegte, ob sie dem Rat vom Omentext aus Philae und von ihren Theorien erzählt hatten. Vielleicht hatten sie sogar schon Pläne geschmiedet, um den zweiten Text ausfindig zu machen.

»Sie schließen uns aus«, knurrte sie.

Der Lärm eines Wagens schreckte sie auf. Natalie trat an den Rand des Dachs und spähte nach unten. Ein einziges Fahrzeug – ein schicker schwarzer Audi – fuhr langsam an der Dreifaltigkeitssäule vorbei und blieb schließlich stehen. Der Fahrer stieg aus, lief zur hinteren Tür und öffnete sie.

Die Gestalt, die ausstieg, ergriff die Hand des Chauffeurs. Sie trug eine Augenbinde und ließ sich zur Tür des Rathauses führen.

»Wer ist das?«, fragte Giles.

»Keine Ahnung«, meinte Natalie. »Sieht ganz so aus, als würde man jemanden zum Rat bringen. Finden wir raus, wer das ist!«

»Ähm …«, setzte Giles zögernd an, doch Natalie war schon an der Treppe, bevor er etwas entgegnen konnte. Er musste joggen, um zu ihr aufzuschließen. »Sicher, dass das eine gute Idee ist?«

»Du kannst ja hierbleiben, wenn du willst«, meinte Natalie nur. »Ich hocke jedenfalls nicht nutzlos rum und schaue zu, wie der Rat Khalils Prophezeiung wahr werden lässt. Wenn der Rat ein Treffen abhält, will ich hören, worum es geht.«

Sie eilte bereits nach unten, als sie hörte, wie er ihr folgte.

Die Stufen führten ins Erdgeschoss. Der Wärter vom Vormittag war von der Tür verschwunden und in die unterirdische Kammer gegangen, in der sich der Orphische Rat traf. Natalie und Giles schlichen sich bis zu den schweren Türflügeln. Sie standen einen Spalt offen, sodass Natalie nach innen linsen konnte. Man hatte die Frau in die Mitte des Raums gebracht, dorthin, wo sie selbst vor wenigen Stunden noch gestanden hatte.

»Ist so viel Geheimhaltung wirklich notwendig?«, fragte die Frau, deren Stimme Natalie problemlos erkannte. *Ninia Kane.*

Ihr Herz klopfte. Was machte Kane hier? Wenn Natalie recht hatte, arbeitete die Milliardärin für Eris und würde eine wichtige Rolle bei der Apokalypse spielen.

»Leider ja«, antwortete das Oberhaupt des Rats. Es saß außerhalb von Natalies Sichtfeld. »Wir wissen, dass Sie sich mit unseren Feinden getroffen haben, Miss Kane. Sollten sie je von unserem Aufenthaltsort erfahren, würden sie vor nichts haltmachen, um uns auszulöschen.«

Der Mann, der Ninia Kane begleitete, löste den Knoten ihrer Augenbinde und nahm sie ab.

»Dann haben Sie mir also nachspioniert? Wie das? Ich habe die besten Sicherheitsvorkehrungen, die man kaufen kann.«

»Wir haben Mittel und Wege, selbst die fortschrittlichste Sicherheitstechnologie zu umgehen«, sagte der Sprecher des Rats.

Ninia Kane lächelte. »Den sogenannten Aither?«

»Wenn Sie ihn gesehen haben, wissen Sie, dass man darüber nicht scherzen sollte.«

Die Leiterin von NiniaCorp schwieg, bevor sie reagierte. »Hören Sie, ich bin gekommen, oder nicht? Was wollen Sie von mir? Gruselige Masken habe ich in letzter Zeit genug gesehen.«

»Tausende von Jahren hat das Orphische Mysterium sich um die Gunst der Einflussreichen bemüht«, erzählte der Sprecher des Rats. »Sie haben den Status und den Einfluss, viel Gutes zu tun – oder viel Schlechtes, je nachdem, welchen Pfad Sie wählen.«

»Lassen Sie mich raten: Sie wären dann wohl die Guten, was?«, sagte Ninia Kane.

»So einfach ist es nicht«, erwiderte der Mystai. »Doch wir vertreten Ordnung und Stabilität. Johann Schar und das Mysterium von Eris wollen nur Chaos.«

»Ist das so schlecht? Zivilisationen können ja nicht ewig existieren. Es gibt Kreisläufe. Ein bisschen Chaos muss sein, oder nicht? Damit die Menschheit überleben kann, muss sie sich verändern.«

Natalie erinnerte sich an die Worte ihres Vaters: *Nichts stirbt, verändert sich nur …* Natalie fragte sich, ob darin eine ähnliche Bedeutung lag wie in dem, was Ninia Kane gesagt hatte. Dass die Welt das Chaos brauchte. Sie spitzte die Ohren, als das Gespräch weiterging. »Doch diese Kreisläufe müssen nicht in Katastrophen enden. Dem Mysterium von Eris ist es egal, ob Millionen sterben, ebenso wenig interessiert es sich dafür, ob neue Zivilisationen geboren werden. Sein Ziel sind andauernder Streit und Leid. Und mit Ihrer MindTouch-Technologie werden sie den Aither zügellos nutzen.«

»Aha, darum geht es Ihnen also!«, sagte Ninia Kane. »Sie wollen die Knöpfchen für sich selbst.«

Der Rat tuschelte, bevor der Anführer sich in seinem Stuhl vorlehnte.

»An Ihrer Technologie haben wir kein Interesse, Miss

Kane. Wir haben selbst eine Kassandre, die den Aither direkt einsehen kann, einzig und allein mit ihrer besonderen Fähigkeit, die wir den Nous nennen.«

Natalie begriff, dass er offenbar von ihr sprach. Plötzliche Wut brauste in ihr auf, und sie hielt sich am Türrahmen fest. *Wie kann er es wagen, mit mir anzugeben, als wäre ich eine von ihnen?*

»Ehrlich gesagt, mag ich Schar nicht besonders«, sagte Ninia Kane, »doch er hat versprochen, mir Zugang zu den Datenbanken des CERN zu gewähren. Unsere gemeinsame Forschungsarbeit könnte für die Quantentechnologie einen Paradigmenwechsel auslösen. Was haben Sie zu bieten?«

Die versammelten Mystai rutschten verlegen auf ihren Stühlen herum. Natalie merkte, dass sie Ninia Kane falsch eingeschätzt hatten. Im Grunde ihres Herzens war sie weder gut noch schlecht – sie war Wissenschaftlerin und Geschäftsfrau. Sie wollte die Welt besser verstehen und dabei für sich selbst den besten Deal herausschlagen.

Nur begreift sie nicht, was die Apokalypse wirklich bedeutet. Vielleicht rechnet sie mit so was wie einem Erdbeben oder einem Börsencrash.

Natalie verlor die Geduld. Sie traute Ninia Kane nicht über den Weg, nicht nachdem sie sie und Johann miteinander gesehen hatte. Und Orpheus wollte eine Abmachung mit ihr treffen. Es war Zeit, die Zügel in die Hand zu nehmen, also schob Natalie die Tür mit einem lauten Knarren auf.

»Was machst du da?«, zischte Giles.

Natalie reagierte nicht. Als man sie bemerkte, standen mehrere der Versammelten von ihren Stühlen auf.

»Was hat diese Störung zu bedeuten?«, rief eine Frau des Rats.

»Du hast hier nichts verloren«, sagte eine andere.

Ninia Kane sah verdutzt zu, wie Natalie sich näherte. »Dich kenne ich doch«, murmelte sie. Natalie blieb stehen.

Nun war sie verwirrt. *Hat Johann Ninia von mir erzählt? Warum?* »Wir sind uns nie begegnet.«

Jetzt kam auch Giles herein und stellte sich zu Natalie.

»Dies sind zwei Lehrlinge«, erklärte der Ratssprecher. »Bringt sie sofort weg!«

»Ich bin kein Lehrling«, sagte Natalie, als noch mehr Maskierte aufstanden und auf sie und Ninia Kane zugingen. »Ich bin diejenige, die Sie mit Schar in Ihrem Labor gesehen hat. Sie können ihm nicht trauen, Miss Kane. Er ist ein Killer.«

Einer der Mystai packte sie am Arm. Zwei andere fingen Giles ab. »Kommt mit. Hier ist weder der richtige Zeitpunkt noch der richtige Ort.«

»Nein, Moment«, sagte Ninia Kane. »Lassen Sie das Mädchen ausreden. Wie heißt du?«

Natalie streckte ihr die Hand entgegen. »Natalie Hardaker.« Auf diesen Moment hatte sie gewartet. Sie ließ zu, dass der pulsierende Druck, der noch immer in ihrem Kopf saß, durch ihren Körper floss, und öffnete sich dem Aither.

Behutsam ergriff Ninia Kane Natalies Hand. Als ihre Haut sich berührte, flammte vor Natalies Augen ein heller Lichtblitz auf, der so gleißend war, dass er sie blendete und zurückschrecken ließ. Im Nachglühen sah sie eine Vision von sich selbst, wie sie vor Ninia Kane stand. Sie waren in einem Labor, und Natalie trug einen dieser MindTouch Schläfenknöpfe. Die Vision verschwand. Natalie kappte die Verbindung zum Aither.

»Geht es dir gut?«, fragte Ninia Kane.

Natalie zwang sich zu einem Lächeln. »Ja, natürlich. Ich wollte Sie nur kennenlernen.« *Was hat diese Vision zu bedeuten?* Natalie hatte gehofft, sie könnte herausfinden, auf welcher Seite Ninia wirklich stand, doch der Aither hielt nie simple Antworten bereit.

Inzwischen waren sie von allen Mystai umringt. Natalie und Giles wurden aus dem Raum gescheucht. Es schien zwecklos, sich dagegen zu wehren, außerdem machte Natalie die Vision Sorgen. War es ein Blick in die Zukunft gewesen?

Warum sollte ich so einen Knopf tragen?

Die maskierten Anhänger des Rats begleiteten sie zurück ins Erdgeschoss des Rathauses und auf den ruhigen Marktplatz hinaus. Ninia Kanes Wagen stand noch immer wartend da, genau wie Romain.

»Und jetzt?«, fragte Giles, als sie zu seinem Bodyguard liefen.

»Wahrscheinlich sollten wir ins Apartment zurückgehen«, antwortete Natalie. »Und uns Mühe geben, Lionel und meinen Granddad davon zu überzeugen, dass wir weiter nach den Omenschriften suchen sollten.«

»Wenn sie von dem Auftritt eben Wind kriegen, können wir das vergessen.«

Natalie vermutete, dass er damit recht hatte. Als sie in eine Nebenstraße abbiegen wollten, hörte sie auf dem Pflaster hinter sich das Klacken von hohen Absätzen. Ninia Kane kehrte zu ihrem Auto zurück, allerdings hatten sie ihr die Augen diesmal nicht verbunden. *Vielleicht hat sie den Rat dazu gebracht, ihr zu vertrauen*, überlegte Natalie besorgt. Sobald sie Natalie entdeckte, löste Kane sich von ihrer Begleitung und marschierte entschlossen auf sie zu. Sie griff in ihren Mantel, holte eine Karte heraus und reichte sie Natalie.

»Wenn deine Kräfte wirklich so groß sind, wie sie behaupten, würde ich dich zu gerne irgendwann in unserem Labor begrüßen.«

Natalie dachte an ihre Vision, in der sie die MindTouch-Technologie getragen hatte.

»Warum?«, fragte sie argwöhnisch.

Ninia Kane lächelte freundlich. »Mein ganzes Leben schon habe ich mit Informationen zu tun. Damit, sie für andere Menschen auf der ganzen Welt verfügbar zu machen. Doch der Aither ist eine Sache für sich – ein Fenster in die Vergangenheit, die Gegenwart und die Zukunft. Stell dir nur vor, Natalie, was für eine Quelle von Wissen das sein könnte. Man muss ihn erforschen, und mit dir an meiner Seite sind die Möglichkeiten endlos.«

»Sie reden davon, als ginge es nur um ein universelleres Internet«, bemerkte Giles. »Aber die Wirklichkeit ist *viel* verrückter.«

»Hättest du Albert Einstein, dem größten Genie seiner Zeit, vom Internet erzählt, hätte er *dich* für verrückt erklärt«, sagte Ninia Kane. Sie blickte Natalie durchdringend an. »Der Aither könnte die Antworten auf all die Nöte der Menschen haben: technische, spirituelle, medizinische. Wir könnten unseren Planeten damit heilen, vielleicht sogar Armut und Krankheiten ausradieren.«

»Glauben Sie das wirklich?«, fragte Natalie. Plötzlich musste sie an ihren Vater denken, gefangen in der Heilanstalt, unfähig, für sich selbst zu sorgen. Sie überlegte, ob die Vision ihr das gezeigt haben könnte: Natalie, wie sie mithilfe von Ninia Kanes Technologie ihren Vater heilte. Bei dem Gedanken machte ihr Herz einen Sprung.

»Ich habe gelernt, dass uns allein unsere eigenen Ambitionen Grenzen setzen«, meinte Ninia Kane. »Falls du je in Boston bist, Natalie, komm mich besuchen.«

Sie wandte sich ab und lief zum Wagen.

»Vertraust du ihr?«, fragte Giles, nachdem sie außer Hörweite war.

Natalie schwieg, weil sie es selbst nicht wusste. Doch sie war misstrauischer denn je, wenn es um Versprechungen ging, die zu gut klangen, um wahr zu sein. Trotzdem konnte sie die Erinnerung an die Vision von sich selbst in Ninia Kanes Labor mit einem der Hirnwellen lesenden Knöpfe nicht abschütteln, als sie mit Romain zur Wohnung aufbrachen. Und auch etwas, das Kane gesagt hatte, hallte in ihr nach.

Allein unsere eigenen Ambitionen setzen uns Grenzen.

KAPITEL 13

TELESCOPIUM

Das Teleskop.
Neue Entdeckungen offenbaren sich.

An der Tür zum Apartment verabschiedete Natalie sich von Giles. Thwaites hatte per SMS mitgeteilt, dass er unmöglich unter solchen *Elendsviertel-Umständen hausen* konnte, wie er es nannte. Daher hatte er einige Straßen weiter im Fünf-Sterne-Hotel August eingecheckt. Giles schien das etwas peinlich zu sein. Er versprach Natalie, dass sie sich beim Frühstück sehen würden, und zog mit Romain im Schlepptau davon.

Zum Glück war Professor Hardaker noch wach. Die Wohnung bestand aus zwei dürftig eingerichteten Zimmern im obersten Stock eines Häuserblocks. Thwaites' Beleidigung hatte sie nicht ganz verdient, trotzdem musste man zugeben, dass die Behausung sehr staubig war und es durch mehrere Fenster böse zog.

»Ach, da bist du ja!«, empfing ihr Großvater sie. Er hockte inmitten aufgestapelter Bücher, die aus seinem Koffer quollen. *Typisch Wissenschaftler – immer am Arbeiten!*

»Hast du eigentlich auch Klamotten mitgebracht?«, fragte Natalie.

»Das Nötigste«, antwortete er. »Wie war das Sternegucken? Vom Dach des Rathauses hat man bestimmt einen guten Blick – hier gibt es nicht so viel Lichtverschmutzung.«

»Wir haben gerade Ninia Kane getroffen.«

Ihr Großvater runzelte die Stirn. »Ich dachte, das Treffen war nur mit dem Rat angesetzt?«

Natalie trat verlegen von einem Bein aufs andere. »Wir sind irgendwie … reingeplatzt. Warte mal – du hast gewusst, dass sie kommt?«

»Oh Natalie.« Ihr Großvater seufzte, doch in seinem Blick lag ein amüsiertes Funkeln. »Ja, ich wusste, dass sie kommt. Du kannst dich einfach nicht am Riemen reißen, was?«

»Sie haben vor Kane mit mir angegeben, damit sie sich ihnen anschließt! Ich hoffe, sie wissen, worauf sie sich mit ihr einlassen.«

Ihr Großvater nickte. »Eris wird immer mächtiger, und wir müssen Risiken eingehen. Das zumindest glaubt Lionel, und ich gebe ihm recht. Wenn wir Ninia Kane dazu bekommen, sich für Frieden und Stabilität einzusetzen, könnte das eine riesige Hilfe sein. Sie gehört zu den einflussreichsten Menschen der Welt, wenn man sich ansieht, welche Auswirkungen ihre Apps und Geräte haben. Und sie ist die einzige Verbindung zu Johann. Sie könnte für uns den Maulwurf spielen.« Seine Miene war düsterer geworden. Natalie wusste, dass er es noch immer nicht verwunden hatte, von seinem früheren besten Freund so hintergangen worden zu sein. Einem Mann, den er vierzig Jahre lang gekannt hatte. »Was hat sie über ihn gesagt?«

»Nicht viel«, meinte Natalie. »Ninia Kane möchte den Aither nutzen. Sie denkt, man könnte damit die Welt verbessern.«

»Da ist sie nicht die Erste«, erwiderte ihr Großvater. »Derselbe Gedanke treibt das Orphische Mysterium seit seiner Gründung an. Sie glauben, wenn man die Zukunft kennt, kann man sie zähmen. Oder zumindest zum Besseren lenken.«

In seiner Stimme lag Wehmut.

»Du glaubst nicht daran?«, fragte Natalie.

Ihr Großvater schloss das Buch auf seinem Schoß. »Ich bin mir da nicht mehr so sicher. Die Menschheit hat es viele Male versucht und ist gescheitert, und immer wieder wurde Blut vergossen. Allmählich frage ich mich, ob es das nächste Mal überhaupt anders kommen kann.«

Natalie hatte ihn noch nie so pessimistisch erlebt. Vielleicht hatte das, was das Mysterium von Eris ihm angetan hatte, ihn nicht nur körperlich verwundet.

»Trotzdem müssen wir es versuchen«, sagte sie. »Ich glaube an Khalils Prophezeiung. Wir können den Untergang der Zivilisation aufhalten.«

Das Gesicht des alten Mannes hellte sich auf. »Manchmal erinnerst du mich so sehr an deinen Vater. Er war auch immer optimistisch.«

Natalie lächelte. Dann atmete sie tief durch. »Und Mum?«

Avery Hardaker schaute weg. »Sie war Pragmatikerin.«

»Ehrlich gesagt, wollte ich mit dir über sie reden. Ich glaube, ich habe sie wieder gesehen, im Aither.«

»Du *glaubst*?«, hakte ihr Großvater nach.

»Die Stimme ruft mich. Sie will, dass ich sie finde. Ich habe überlegt … ob es vielleicht einen Weg gibt, tiefer einzutauchen, aber dabei trotzdem abgesichert zu sein …« Sie dachte an Ninia Kanes MindTouch-Knöpfe und an ihre Vision.

»Der Aither ist ein Verführer«, sagte ihr Großvater. »Die

alten Schamanen Mittelamerikas nannten ihn den *verzauberten Dschungel*. Er lockt dich mit seinen Früchten, doch wenn man sich umdreht, ist es manchmal schwer zu erkennen, wie man wieder hinauskommt.«

Das war nicht die Antwort, auf die sie gehofft hatte. »Wozu sollen meine Kräfte dann überhaupt gut sein? Wenn ich sie gar nicht wirklich einsetzen kann?«

»So habe ich das nicht gemeint«, sagte ihr Großvater. »Deine Kräfte sind unglaublich, Natalie. Die mächtigsten seit fünfhundert Jahren. Ohne dich hätten wir den ersten Omentext nie gefunden. Ich sage ja nicht, dass deine Kräfte nicht zur richtigen Zeit eingesetzt werden sollten – vor allem, da du nun weißt, wie du dich im Aither tarnen kannst.« Er sprach leiser, obwohl außer ihnen niemand im Apartment war. »Ich wüsste da schon eine gute Gelegenheit.« Seine Augen funkelten.

Natalie schöpfte neue Hoffnung. Diesen Gesichtsausdruck kannte sie nur zu gut.

»Du hast herausgefunden, wo der zweite Omentext ist, richtig?«

»Möglicherweise«, antwortete er. »Wollen wir mal sehen, wie gut du über die Antike Bescheid weißt! Was meinst du? Komm, setz dich zu mir.«

Natalie hockte sich im Schneidersitz neben ihn. Es war fast wie früher bei ihren Geschichtsstunden, als Natalie noch nichts von Prophezeiungen, dem Aither oder konkurrierenden Kulten wusste. Ihr Großvater war ein begeisterter Lehrer, und ein großartiger noch dazu!

Er legte die drei Bilder auf den Boden, die sie aus der Wohnung in Boston wiedererkannte. Die Fotos von Khalils Zeichnungen mit dem Sternbild von Orion im oberen Abschnitt.

»Philae hast du bereits erraten«, sagte er. »Die Stätte, an der Ägypten damals endgültig unterging. Was hältst du von den anderen beiden?«

Das erste Bild zeigte zwei Armeen im Kampf. Übergroß bekriegten sie sich auf einer Landzunge.

»Die Rüstungen sehen römisch aus«, meinte Natalie und fuhr den Helmschmuck der Soldaten mit dem Finger nach. »Könnte das der Untergang von Rom sein?«

»Schau genauer hin«, forderte ihr Granddad sie neckend auf. »Vor allem auf den Hintergrund.« Er reichte ihr eine Lupe. Als Natalie durch das Glas spähte, entdeckte sie eine Art eingestürzte Ruine.

»Ein Tempel?«, überlegte sie.

»Wird schon wärmer …«

Endlich fiel bei Natalie der Groschen.

»Das sind ionische Säulen!«, rief sie und meinte die betont schlichte Architektur. »Das war noch vor dem Untergang des Römischen Reichs. Und der Ort … eine schmale Landzunge und auf beiden Seiten das Meer.« Sie schnippte mit den Fingern. »Das ist die Landbrücke von Korinth! Dann muss das die Schlacht von Korinth von …« Sie dachte nach. »… 143 vor Christus sein, als die Armee der Römischen Republik die letzten griechischen Stadtstaaten besiegte.«

»Wirklich gut«, lobte ihr Großvater. »Allerdings war es eigentlich 146 vor Christus.« Er schob ihr das nächste Bild hin. »An dem hier habe ich mir bisher die Zähne ausgebissen. Es ist im Lauf der Zeit sehr undeutlich geworden.«

Natalie betrachtete das Foto gründlich. Die untere Hälfte der Malerei war abgebröckelt, und was im oberen Teil zu sehen war, schien die Hälfte eines Kreises zu sein, der von vier Spitzen umgeben war. Keine Armeen, keine Verwüstung. Keine Hinweise, die irgendetwas verraten hätten.

»Das finden wir unmöglich heraus«, sagte sie. »Aber das heißt natürlich nicht, dass wir den zweiten Text nicht suchen sollten.«

Ihr Großvater seufzte. »Ich glaube kaum, dass der Orphische Rat das erlaubt.«

»Dann binden wir es ihnen eben nicht auf die Nase«, erwiderte sie.

»Lionel wird niemals gegen ihre Bitte handeln. Manchmal mag er ein alter Esel sein, aber er hat einen Eid geleistet, sich an ihre Regeln zu halten.«

Natalie betrachtete konzentriert das Bild von Korinth. Sie spürte regelrecht, wie ihr Nous sich meldete – als würde sich in ihrem Kopf immer mehr Druck aufbauen und Elektrizität durch ihren Körper schießen, bis hinein in die Fingerspitzen. Es war, als *wollte* der Aither, dass sie ihre Kräfte einsetzte, als wollte er ihr versichern, dass sie mit ihrer Theorie richtiglagen.

»Dann sagen wir ihm eben auch nichts.«

»Natalie … er ist mein Freund.« Trotz seiner Einwände wusste Natalie, dass er kurz davor war, nachzugeben. Wenn ihr Großvater einer Sache nicht widerstehen konnte, dann einem Abenteuer. Und da so viel auf dem Spiel stand, würde es nicht viel brauchen, um ihn zu überzeugen.

»Ein Grund mehr, ihm nichts zu sagen«, meinte sie. »Sonst macht er sich nur Sorgen.«

»Und Giles?«, gab ihr Granddad zu bedenken. »Macht es dir denn gar nichts aus, ihn zu hintergehen?«

Natalie grinste. »Ach, Giles kommt ganz bestimmt mit! Er hat kein Problem damit, Lionel anzuschwindeln! Und Romain könnte auch nützlich sein.«

Ihr Großvater wirkte ein bisschen erschrocken. »Klingt, als hättest du diese ganze Schwindelei gut durchdacht. Ich sehe nach, wann der nächste Flieger nach Athen startet.«

Natalie tippte bereits eine Nachricht an Giles, um ihn in den Plan einzuweihen.

»Brauchst du nicht«, sagte sie. »Schon vergessen? Wir haben einen Privatjet.«

KAPITEL 14

ERIDANUS

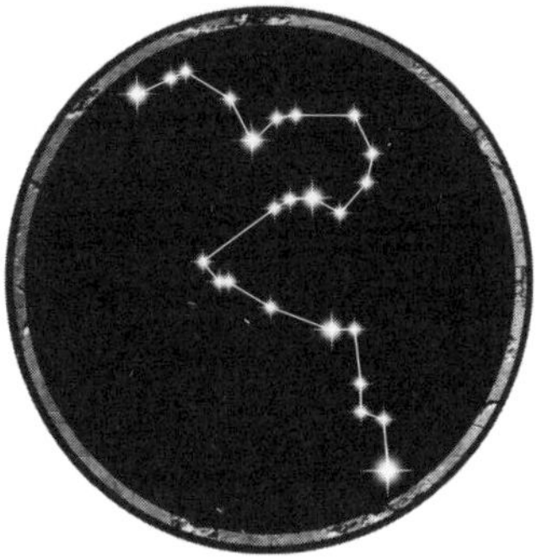

Fluss des Schicksals.
Das Schicksal fordert seinen Tribut.

Noch vor Sonnenaufgang landeten sie in der griechischen Hauptstadt. Kaum hatten sie ihre Handys wieder auf Empfang gestellt, erreichte sie eine ganze Flut von Nachrichten. Alle von Thwaites und jede gepfefferter als die vorige. Er wollte wissen, wo sie steckten und was, *um alles in der Welt*, das bitte schön werden sollte.

Giles schrieb ihm zurück: *Hab versucht, dich zu wecken. Sorry.*

Dann schaltete er sein Handy aus und grinste. »Den Ärger dafür kassiere ich später. Aber nichts macht so viel Spaß, wie Lionel eins auszuwischen.«

Natalie war seit Jahren nicht mehr in Athen gewesen. Obwohl ihr der Flug noch in den Knochen steckte, konnte sie den Blick nicht vom Fenster des Mietwagens reißen. Staunend betrachtete sie das Parthenon, den Tempel der Athene, der von Strahlern angeleuchtet über der Stadt aufragte. Sie fuhren durch geschäftige Straßen voller Verkehr, bis sie die Stadt verließen und an Feldern vorbei Richtung Westen rollten.

Bis nach Korinth waren es etwa siebzig Kilometer. Die Küstenstraße schlängelte sich direkt am Meer entlang. Dann ließen sie auch die moderne Großstadt und die kläglichen, verstreuten Ruinen des alten Korinth, von dem kaum noch aufrechte Säulen übrig waren, hinter sich. Sie erklommen den steilen Hügel mit der antiken Akropolis von Korinth darauf. Die Belohnung war ein atemberaubender Ausblick – zu allen Seiten lagen Berge und Meer. Romain organisierte für alle Feigen und Joghurt, außerdem ein paar frisch gebackene Honigpasteten. Damit machten sie es sich gemütlich und sahen zu, wie die Sonne über den Rändern der Berge aufging.

»Ziemlich cool, was?«, wandte Natalie sich an Giles.

»Nicht schlecht«, erwiderte er. »Also hier ist es passiert, oder? Der Untergang Griechenlands?«

»Ein bisschen komplizierter war es schon«, erklärte Natalies Großvater. »Griechenland war streng genommen nie ein Weltreich, sondern eine Ansammlung von Stadtstaaten, die sich immer dann verbündeten, wenn es zu ihrem Vorteil war. Korinth gehörte zu den mächtigsten und erklärte sich dazu bereit, für einige andere, die man den Achaiischen Bund nannte, in die Schlacht zu ziehen. Da Korinth an einem wichtigen Knotenpunkt liegt, an dem die beiden Hälften Griechenlands aufeinandertreffen, war der Achaiische Bund am Ende, als Korinth stürzte. Die Römer waren viel besser organisiert.«

»Und wo steckt der Omentext?«, fragte Giles. »Wegen dem sind wir ja schließlich hier, oder?« Er schaute über die weite Landschaft. »Hat jemand einen Spaten dabei?«

Natalie linste zu ihrem Großvater. Auf dem Herweg hatten sie sich darüber unterhalten, wie sie vorgehen wollten. Doch jetzt, wo es so weit war, fühlte sie sich von den vielen Reisen der letzten Tage völlig erschöpft. Sie war nicht einmal hundertprozentig sicher, in welcher Zeitzone sie sich gerade befanden. Fest stand nur eins: An diesem Ort war der Aither deutlich spürbar. Die Luft knisterte regelrecht.

»Bereit?«, fragte ihr Großvater sie behutsam.

Natalie nickte und holte die Janusmaske aus ihrem Rucksack. Sie hielt sie sich vors Gesicht und verhakte sie über den Ohren.

»Viel Glück, Nat«, sagte Giles. »Pass auf dich auf!«

Natalie schloss die Augen und sagte die Worte auf, die sie sich eingeprägt hatte.

»Ich bin Janus. Ich öffne Tore. Ich trage diese Maske, um in den Aither zu blicken, ohne dass andere mich sehen.«

Es ging rasend schnell. Sobald sie die Augen wieder öffnete, war sie im Tunnel, umgeben von Schwärze. In der Nähe rauschte Wasser und spritzte sie nass. Sie ging los und stolperte in der Dunkelheit herum, bis sie vor sich einen Streifen Licht entdeckte. Mit kleinen unsicheren Schritten ging sie darauf zu. Dann hörte sie über dem Wasser andere Geräusche. Das verängstigte Wiehern von Pferden, Metall, das auf Holz schlug, Schreie und Rufe. Furcht riet ihr, sich abzuwenden, doch sie ballte die Fäuste und ging weiter. Diesmal baute man auf sie.

Als sie den Wassertunnel verließ, betrat sie eine Landschaft, die völlig verändert aussah. Hunderte von Männern, vielleicht sogar Tausende, bekriegten sich mit Speeren und Schwertern. Einige Reiter preschten mit ihren Pferden durch die Reihen und sorgten dafür, dass zu den Toten, die den Boden bedeckten, immer mehr hinzukamen. Mit den römischen Soldaten, die sie aus dem Schulunterricht kannte, hatten diese hier nichts gemeinsam. Ihre Rüstungen waren dunkel und verbeult, die Umhänge zerrissen, die Gesichter voller Blut und zu Grimassen verzogen. Die Männer, die sie bekämpften, bestanden aus verschiedenen Gruppen – einige trugen eine Rüstung, andere kämpften im Hemd. Manche waren nicht älter als Natalie. Die Waffen, die sie führten, waren Prügel und Stöcke, zerbrochene Schwerter und kaputte Schilde. Die Schlacht hatte offensichtlich eine entscheidende Wendung genommen. Die Römer trieben ihre Feinde vor sich her. Die Griechen nahmen Reißaus, nur um von hinten abgemetzelt zu werden. Natalie hockte sich auf die Erde und hielt sich die Ohren zu, um die Verzweiflungs- und Schmerzensschreie auszublenden. Sie wollte nur, dass es aufhörte.

Aufhören!

Sofort verloren die Bilder ringsum an Farbe, und der Lärm des Todes verstummte, als hätte jemand am Fernseher die Stumm-Taste gedrückt. Die Menschen wurden zu geisterhaften Schemen mit grauen Rändern, und selbst das Blut, das alles bedeckte, war nicht mehr rot.

Eine Gestalt stach heraus – es war der Einzige, der vollkommen unverletzt wirkte. Ein junger Mann in einer Robe mit roten Haaren und nackten Füßen, der flink zwischen seinen gefallenen Verbündeten hindurchhuschte. An seinem Kinn sprossen wenige erste Bartstoppel. Obwohl er eindeutig Angst hatte, wirkte er fest entschlossen. Er trug etwas in den Händen. Ohne dass Natalie es wollte, schwebte sie übers Schlachtfeld auf ihn zu. Nun sah sie, dass es eine Kiste aus schlichtem Ton war, die er bei sich hatte.

Mit einem plötzlichen Ruck, bei dem Natalie kurz übel wurde, sprang die Zeit vorwärts. Während sie weiter den Jungen mit der Kiste verfolgte, breitete sich der Tod auf allen Seiten immer weiter aus. Überall wurden die Männer niedergestreckt, mit jeder Sekunde verzehnfachte sich die Zahl der Toten, während die Zeit vier- oder achtmal schneller als normal ablief. Und dazwischen der flüchtende Junge, dem Natalie dicht auf den Fersen blieb. Den Hügel hinunter zum Meer, vorbei an Zügen voller Gepäck, an Frauen, Kindern und Greisen – Griechen, die vor dem Krieg flohen. Wohin sie liefen, wusste Natalie nicht. Sie fragte sich, ob die Menschen selbst es wussten.

Sie und der Junge erreichten eine Hafenstadt, eine Ansammlung von Holzhütten an der Küste. Die Menschen strömten in Scharen auf Boote, viel zu viele auf einmal, und Streit brach aus, als Fahrgäste zusteigen wollten, obwohl bereits kein Platz mehr war. Der Junge sprang auf einen Kahn, der gerade ablegte, und Natalies Nous führte sie neben ihn an Bord. Sobald er sich vom Kai löste, merkte sie, dass etwas nicht stimmte. Das Deck war schief, und obwohl die Menschen zur gegenüberliegenden Reling drängten, kenterte das Boot. Wasser flutete das Deck, während die Passagiere mit stummen Schreien nacheinander ins Hafenbecken stürzten. Viele konnten nicht schwimmen, genauso wenig, stellte sich heraus, wie Natalie.

Während der Druck auf ihr Herz immer größer wurde, sank sie in die Tiefe. Überall zappelten verzweifelte Menschen. Auch der Junge war dabei, der noch immer das

Kästchen an sich drückte, obwohl seine schwere Kleidung ihn nach unten zog. Nun erkannte Natalie an der Seite der Kiste eine Gravur, eine Leier. Das Instrument von Orpheus. Sie war es also, der sie folgen musste. Nicht dem Jungen, sondern der Kiste. Natalie war so gut wie sicher, dass sie darin den zweiten Omentext finden würde.

Der Druck des Wassers wurde stärker. Es ließ sich nicht länger aussperren. Sie öffnete den Mund und spürte, wie es in ihrer Kehle brannte, wie ihre Lunge explodierte.

Keuchend riss Natalie sich die Maske vom Gesicht und atmete gierig die Morgenluft ein.

»Geht es dir gut?«, fragte ihr Großvater, dessen besorgte Miene in ihrem Blickfeld auftauchte.

Natalie sah sich um. Keine Schlacht, keine Soldaten – nur das Zirpen der Zikaden, die sich im Gestrüpp versteckten.

Sie nickte. »Ich habe gesehen, was mit der Omenschrift passiert ist. Ein Junge hat sie fortgebracht. Aber er ertrank ganz in der Nähe der Küste, als sein Boot sank. Die Kiste muss auf dem Meeresgrund liegen!«

»Dann gehen wir tauchen?«, fragte Giles und wischte sich Brösel vom Mund.

»Nicht unbedingt«, antwortete Avery Hardaker. »Die Küste hier hat sich stark verändert, als man den Kanal grub, der den Golf von Korinth mit dem Ägäischen Meer verbindet. Es könnte gut sein, dass die Stelle, an der das Schiff unterging, inzwischen an Land liegt.«

»Es gibt nur eine Möglichkeit, das herauszufinden«, sagte Natalie.

Sie fuhren an die Küste. Obwohl sich die Landschaft im Vergleich zu ihrer Vision stark verändert hatte, stellte Natalie fest, dass sie den Weg kannte, als hätte der Aither ihn in ihrem Geist verankert. Romain fuhr sie zu einem Dorf, das Isthmia hieß. Die engen Straßen schlängelten sich bergab aufs Wasser zu. In einem kleinen Hafen dümpelten Fischerboote auf den Wellen.

»Wir müssen ein Stück weiter die Küste entlang«, wies Natalie ihn an. Als sie auf einer gewundenen Straße weiterfuhren und das Dorf an der Felsenküste hinter sich ließen, meldete sich ihr Nous. Sie waren dicht dran, das spürte sie. »Hier.«

Am Rand der staubigen Straße stiegen sie aus dem Wagen. Unter ihnen funkelte das Meer, und über ihnen erhoben sich Hänge voller Olivenbäume.

»Wir sind mitten im Nirgendwo«, sagte Giles.

Natalie marschierte los, zwischen den Bäumen den Hügel hinauf. Ein Teil von ihr teilte Giles' Zweifel, doch ihre Beine trugen sie fast von allein. *Hier sind wir richtig. Ich weiß es …*

Sie blieb stehen. Unter ihren Sohlen schien die Erde vor Kraft zu pulsieren.

»Wir müssen graben«, sagte sie, ging auf die Knie und legte eine Hand auf den Boden.

»Womit denn?«, fragte Giles.

Romain fand einen abgebrochenen Olivenast und zerbrach ihn in zwei Hälften. Ohne Kommentar reichte er ein Teil an Natalie weiter und stocherte mit dem zweiten

Ende im Boden herum. Gemeinsam kratzten sie die trockene Erde beiseite. Zuerst schaute Giles ihnen skeptisch zu, doch als Natalie müde wurde, übernahm er für sie. Romain, auf dessen Rücken schon Schweiß stand, grub weiter.

»Bist du auch sicher, Natalie?«, fragte ihr Großvater.

Natalie hatte dem rothaarigen Jungen ins Gesicht gesehen, als das Leben aus seinem Blick gewichen war. Er war für das Orphische Mysterium gestorben. Das hier war das Mindeste, was sie tun konnte, um sein Opfer zu würdigen.

»Ja«, sagte sie.

Als Romain sich das Hemd auszog, bevor er weiterarbeitete, gönnte Natalie Giles eine Pause.

Abwechselnd buddelten sie, beinahe eine ganze Stunde, während es immer heißer wurde und die Luft sich mit Staub füllte. Natalie ging dazu über, die lose Erde und Steinchen mit den bloßen Händen wegschaufeln.

Wie tief müssen wir denn runter? Ihr Großvater hatte zwar gesagt, dass das Gelände sich verändert hatte, aber wie sehr genau, das wussten sie nicht. Es könnten ganze Schichten von Ablagerungen …

Sie stieß gegen einen Stein und suchte mit den Fingern nach den Kanten.

Nur war es diesmal kein Stein. Die Oberfläche war zu eben, und nachdem sie ein paar Klumpen Erde abgekratzt hatte, erkannte sie undeutlich eine Leier.

»Ich werde nie wieder an dir zweifeln«, meinte Giles völlig baff.

Die Miene ihres Großvaters leuchtete auf, während Natalie und Romain die Kiste weiter freilegten. Sie sah genauso aus wie in ihrer Vision. Nur die Ecken waren abgestoßen – zweifellos das Werk von Ebbe und Flut, bevor das Kästchen schließlich unter Schlick und Sedimenten verschwunden war.

»Es muss seit über zweitausend Jahren unangerührt hier gelegen haben«, stellte Professor Hardaker fest.

Natalie wischte sich Erde und Staub von den Kleidern. Dass sie verschwitzt, dreckig und müde war, spielte keine Rolle mehr.

»Dir gebührt die Ehre«, meinte ihr Großvater.

Natalie musterte die Kiste, plötzlich zögerlich und besorgt. Was, wenn nichts drin war? Was, wenn die Jahrtausende den Inhalt zu Nichts hatten werden lassen?

»Na gut«, sagte sie. Sie beugte sich über die Kiste, griff nach dem Deckel und zog. Er rührte sich nicht. »Oh. Es ist verklebt.«

»Lass mich mal ran«, sagte Giles. »Wahrscheinlich braucht es nur ein bisschen Muskelpower.«

Er nahm das Kästchen, klemmte es unter den Arm und schob die Finger unter den Deckel.

»Vorsicht!«, warnte Professor Hardaker. »Das ist ein unbezahlbares Artefakt.«

Kaum hatte er den Satz beendet, rutschte Giles die Kiste aus der Hand, und alle sahen zu, wie sie mit einem lauten Knall auf dem Boden landete. Giles klappte der Mund auf. »Ups.«

Behutsam hob Natalie eine der Scherben auf. »Schon okay«, sagte sie zu Giles. »Wichtig ist schließlich das, was drin ist.«

Das Kästchen war in zwei Hälften zerbrochen, doch darin befanden sich zwei kleine Steintafeln, die zum Glück unbeschädigt waren. Löcher an den Seiten ließen darauf schließen, dass sie früher einmal mit einer Schnur oder einem Band zusammengehalten worden waren, wie die Seiten eines Buchs. Doch nach so langer Zeit wäre jeder Zwirn verrottet.

»Und? Was steht drauf?«, wollte Giles wissen.

Mit großen Augen betrachtete Natalie die Tafeln. Eine war dicht mit griechischen Buchstaben beschrieben – ohne Zwischenraum schloss sich ein Wort an das nächste an. Ihr Altgriechisch war nicht schlecht, trotzdem fiel es ihr schwer, die Zeilen zu lesen. Sie entdeckte die Wörter »Schiffe« und »Eindringlinge« und weiter unten sowohl »Sonne« als auch »Wasser«. Rätselnd reichte sie die Tafel ihrem Großvater.

»Kannst du das entziffern?«

Professor Hardaker nahm die Schriftstücke und setzte eine Lesebrille auf, die er aus seiner Hemdtasche gezaubert hatte.

»Wollen wir mal sehen … Das hier kommt mir wie eine Elegie vor, ein Klagelied.«

Sie hätten auf Poseidons Warnung hören sollen, als
am Tag zuvor kräftige Unwetter die Küstensiedlungen

fortgespült hatten. Dennoch weigerten sich manche, fortzugehen, und erst als die römischen Horden einfielen wie die Heuschrecken, sodass sie die Sonne verdeckten, sahen sie ein, wie töricht sie gewesen waren.

»Interessant«, meinte Giles.

Natalie schaute ihn verdattert an. »Echt?«

»Klar, hast du nicht gehört?« Er grinste. »Eine Flut und eine Finsternis. Genau wie in Ägypten.«

»Und ich hab gedacht, du passt nicht auf«, sagte Natalie. Sie fröstelte, als sie sich an die seltsame Vision von der Überschwemmung und der Finsternis auf dem Platz von Olmütz erinnerte.

»Und was steht auf der zweiten Tafel?«, fragte Giles.

Natalie blickte auf die, die sie noch in den Händen hielt. Buchstaben waren überhaupt keine darauf, dafür drei eingemeißelte Figuren und darunter drei sehr detaillierte Szenen.

»Ich glaube, das sind Prophezeiungen«, meinte sie, »genau wie in Philae.« Sie fuhr mit dem Finger über die oberen Bilder – das erste war eine Frau mit Bogen. »Artemis«, murmelte sie. Unter der griechischen Göttin der Jagd waren eine Reihe Männer in Toga abgebildet, die ihre Köpfe zusammensteckten. Sie erinnerten an Politiker oder Berater. Das nächste Omen war ein Drache mit gefletschten Zähnen. Darunter erkannte Natalie einen Zug aus römischen Soldaten mit spitzen Speeren und geschmückten Helmen. Das letzte Omen stellte einen Mann mit geflügelten Sandalen und einer merkwürdigen engen Kappe dar. »Hermes, der Götterbote«, sagte sie. Der Soldat darunter trug auf seinem Brustpanzer einen eingravierten Adler.

»Das ist Mummius, der römische Feldherr, der Korinth zerstörte«, erklärte ihr Großvater. »Sein Rangabzeichen war der Adler.«

»Und er wird durch das Omen von Hermes angekündigt?«, hakte Natalie nach.

Avery Hardaker nickte.

»Was hat der Drache zu bedeuten?«, fragte Giles.

»Er symbolisiert die römische Armee«, antwortete Professor Hardaker.

»Der Stern Thuban ist der hellste im Sternbild Draco, dem Drachen!«, rief Natalie. »Das passt alles zu der Vision, die mir die Sterne gezeigt haben!«

»Ach ja?«, meinte Giles.

Natalie wunderte sich nicht, dass er nicht mithalten konnte. Götter und Sterne waren ihre Welt, nicht seine. »Ich habe Orion, Sirius und Thuban gesehen. Diese Omen passen dazu: Artemis ist wie Orion eine Jägerin, der Drache steht für Thuban …«

»Und Hermes soll Sirius sein?«

»Wahrscheinlich«, sagte Natalie, runzelte aber die Stirn. Sirius war der Zerstörer, das Gegenstück zum ägyptischen Gott Anubis. Doch was das mit Hermes zu tun hatte, wusste sie selbst nicht genau.

»Ganz *bestimmt* sogar«, meinte ihr Großvater begeistert. »Anubis und Hermes sind Boten und überbringen Nachrichten zwischen den Toten und den Lebenden. Im Vatikan gibt es sogar eine Statue, die Hermanubis heißt – Wissenschaftler vertreten die Theorie, dass beide miteinander verschmolzen wurden. Derselbe Gott, nur mit unterschiedlichen Masken.«

»Wie praktisch …«, meinte Giles.

»Was Granddad meint«, erklärte Natalie, »ist, dass diese Vorzeichen praktisch die gleichen sind wie diejenigen, die wir in Philae entdeckt haben. Sie stammen nur aus unterschiedlichen Mythologien. Die alte Sagenwelt wurde von der der neuen Zivilisation abgelöst. Kassandren stellen sich die Omen im Aither in Bildern vor, die sie aus ihrer eigenen Sagenwelt kennen. Deshalb habe ich diese Omen in den Sternen gesehen, weil das die Sprache ist, die *mein* Nous sich aussucht.«

Etwas, was ihr Großvater gesagt hatte, bereitete ihr allerdings noch Kopfzerbrechen. Etwas über Masken. Wahrscheinlich war es reiner Zufall, doch die Worte, die ihr Vater im Wahn geredet hatte, hallten in ihr nach.

Meine Tochter Janus, nichts stirbt, verändert sich nur. Du musst wählen, welche Maske du trägst.

Sie glaubte immer weniger daran, dass er nur wirres Zeug geredet hatte.

»Na gut, also mal Klartext: Was heißt das jetzt? Was wird passieren?«, wollte Giles wissen. »Ihr sagt, diese Omen wiederholen sich, aber wie hilft uns das weiter?«

»Gute Frage«, meinte Natalie.

Sie nahm ihr Handy, um sich noch einmal Khalils Zeichnungen aus Nabta Playa anzusehen. Auch wenn es eigentlich unmöglich war, kam ihr die Gestalt mit der Kapuze auf einmal viel realer vor, fast als wäre sie wirklich lebendig. Beinahe sofort kam auf einmal Bewegung in das Bild. Mit zitternder Hand sah Natalie, wie sich das verdeckte Gesicht der Gestalt veränderte und zur Schnauze eines Schakals wurde, dann zu Hermes, als wollte es ihr zeigen, welche Form der Zerstörer im Lauf der Zeitalter angenommen hatte. Gespannt wartete sie darauf, dass es sich ein weiteres Mal verwandeln würde, um ihr einen Hinweis zu geben, von wem die aktuelle Bedrohung ausging. Aber nichts geschah. *Warum sollten wir es auch so einfach haben?*, überlegte Natalie. Khalil war deutlich gewesen. Nur gemeinsam würden die drei Omenschriften zur Wahrheit führen, und bisher hatten sie erst zwei gefunden. Dort, wo zwei Weltreiche von ihren Feinden zu Fall gebracht worden waren. Ägypten, das den Griechen weichen musste, die wiederum von den Römern überrannt worden waren. Der Kreislauf der Zivilisation. Natalie musste an das denken, was Schar zu Ninia Kane gesagt hatte.

Nur das Chaos kann Neubeginn hervorbringen.

Einen Augenblick lang zweifelte sie an sich selbst und an ihrer Mission. War es überhaupt möglich, den Untergang ihrer Welt zu verhindern? War es nicht unvermeidlich, genau wie damals für die Ägypter und die Griechen? Die Seher, die in Philae und Korinth gelebt hatten, waren gescheitert. Vielleicht war es auch *ihr* Schicksal, zu scheitern – vom Fluss des Schicksals mitgerissen zu werden wie ein abgefallenes Blatt.

Vielleicht ist die Zeit für meine Welt abgelaufen. Nichts dauert ewig.

»Du siehst niedergeschlagen aus«, unterbrach die Stimme ihres Großvaters ihre Gedanken.

Natalie lächelte schwach. »Ich habe mich nur gefragt, ob es das alles wert ist. Können wir das Chaos wirklich aufhalten? Wir sind nur zu viert.«

»Klar können wir!«, sagte Giles. »Diese Eris-Trottel können wir jedenfalls nicht gewinnen lassen. Außerdem gehe ich so lange nicht zur Schule, bis wir den dritten Omentext haben. Das wäre, als würde man ein Computerspiel noch vor dem letzten Level löschen.«

Natalie grinste schon breiter. »Manchmal klingst du richtig weise.«

»Echt?« Giles wurde rot.

»Du hast die ersten beiden Omenschriften fast allein gefunden, Natalie«, sagte Romain ermutigend.

»Stimmt, außerdem war Idris Khalil überzeugt, dass du es schaffen kannst«, bekräftigte ihr Großvater. »Er hat diese Prophezeiung für dich aufgeschrieben: *Du musst deine Zivilisation davor bewahren, als vierte und letzte zu stürzen.*«

»Aber bloß kein Stress«, scherzte Giles.

Natalie richtete sich auf und schaute hinunter zum Meer, auf die silbernen Tupfen und Wellenkämme. Schwer vorzustellen, dass ein so friedlicher Ort einmal der Schauplatz von solchem Blutvergießen gewesen war. Ob die Menschen gewusst hatten, welche Bedeutung die Schlacht hatte und was auf dem Spiel stand? Die Kassandren, die den Omentext verfasst hatten, mussten zumindest eine Ahnung gehabt haben. Doch für die normalen Menschen, die Soldaten und Siedler der Gegend, hatte das vermutlich nicht gegolten. Woher hätten sie wissen sollen, dass sie miterlebten, wie sich das größte Reich erhob, das die Welt je gesehen hatte – ein Weltreich, das fast eintausendsechshundert Jahre bestehen sollte, bis die letzte Festung der Römer in Konstantinopel bezwungen wurde …

Das ist es!

Augenblicklich wusste sie, wo sie den letzten Omentext finden würden.

»Granddad, hast du Khalils Zeichnungen da?«

Ihr Großvater holte die Fotos hervor, und Natalie suchte das letzte heraus, das so schlecht zu erkennen war.

»Ich weiß, wo das ist!«, sagte sie.

»Ach ja?«

»Ich habe das hier für vier Spitzen gehalten, aber das stimmt nicht – es sind Türme. Minarette, um genau zu sein.«

»Himmel!«, rief ihr Großvater und machte große Augen. »Die Hagia Sophia.«

»Welche Sophie?«, fragte Giles.

»Grob übersetzt: Die Kirche der Weisheit«, erklärte Natalie. »Sie liegt in Konstantinopel – heutzutage Istanbul, also in der Türkei.« Sie suchte auf dem Handy ein Bild des prächtigen Bauwerks heraus und zeigte es ihm. Warum war sie nicht früher darauf gekommen? Die vier Türme und der blasse Umriss einer Kuppel waren eigentlich unverkennbar.

»Sieht aus wie eine Moschee«, meinte Giles.

»Es war auch mal eine«, sagte Natalie. »Und davor eine Kathedrale der griechisch-orthodoxen Kirche. Heute ist es ein historisches Monument.«

»Dann geht es jetzt nach Istanbul?«, folgerte Giles. »Tanken wir den Jet auf!«

»Ich glaube, das wäre keine gute Idee«, gab Avery Hardaker zu bedenken. »Das Orphische Mysterium lässt ihn inzwischen sicher orten – sie gehen bestimmt davon aus, dass wir den Jet benutzen.«

»Dann fliegen wir mit Greek Airlines? Haben die überhaupt eine Business Class?«

»Es gibt da auch andere Möglichkeiten«, meldete Romain sich zu Wort.

KAPITEL 15

LYNX

Der Luchs.
Die Wildkatze macht sich auf die Pirsch.

Nach zwölf Stunden im Reisebus hätte Natalie schreien können. Der Fahrer spielte immer und immer wieder dieselbe CD mit Balkan-Volksmusik. Sie verstand zwar kein Wort, aber das Musikinstrument im Hintergrund hatte Saiten, die eindeutig verstimmt waren. Irgendwo bei Thessaloniki, der Hauptstadt des nördlichen Griechenlands, hatte die Klimaanlage den Geist aufgegeben. Und obwohl sie ungefähr alle dreihundert Kilometer eine Pause einlegten, um sich die Beine zu vertreten und aufs Klo zu gehen, war der Geruch im Bus nicht angenehm.

Das eine Mal, als Natalie eingenickt war, hatte sie geträumt, sie wäre in einem Tunnel auf der Flucht vor heranbrausendem Wasser. Auch die Gesichtslose war da gewesen, als glitzernde Katzenmaske im Schatten. Als Natalie aufgewacht war, hatte sie die Janusmaske an sich gedrückt, ohne dass sie sich erinnern konnte, sie aus ihrem Rucksack genommen zu haben. Natalie war sich nicht sicher, ob der Traum eine Vision im Aither oder nur ein gewöhnlicher Albtraum gewesen war. Nicht, dass es eine Rolle spielte – inzwischen waren das Orphische Mysterium und das Mysterium von Eris bestimmt ohnehin schon auf der Suche nach ihr und ihren Begleitern. Ihr Großvater war davon überzeugt, dass sie auch abseits des Aithers ihre Mittel und Wege hatten und es nur eine Frage der Zeit wäre, bis man sie aufspüren würde.

Draußen war es dunkel. Ein schummriges Dorf nach dem anderen tauchte am scheinbar endlosen Asphalt auf. Es gab keine Landesgrenze. Nur die Städtenamen, die nicht länger griechisch waren, verrieten, dass sie in der Türkei angekommen waren. Als es zu dämmern begann, erreichten sie größere Städte und schließlich die Vororte Istanbuls. Nach Natalies Berechnungen waren es nur noch zwei Tage bis zur Finsternis, die von der astronomischen Uhr in Olmütz vorhergesagt wurde.

Uns läuft die Zeit davon.

Der Bus hielt am Hauptflughafen Istanbuls. An der Haltestelle drängten sich zahlreiche Menschen. Was Natalie gleich auffiel, war die unterschiedliche Kleidung, die von traditioneller islamischer Kluft bis zu modernen Geschäftsanzügen reichte. Vor gewaltigen Einkaufscentern und Fast-Food-Restaurants zwängten sich kleine Stände. Istanbul gehörte zu den wenigen Orten, die sie mit ihrem Großvater noch nie bereist hatte. Doch sie wusste, dass es schon immer ein Schmelztiegel für alle möglichen Kulturen und Religionen gewesen war, weil hier der Osten auf den Westen traf. Die Stadt lag auf beiden Seiten des Bosporus, der Meerenge, die das Marmarameer Mitteleuropas mit dem Schwarzen Meer Asiens verband. Im Lauf der Jahrtausende war sie wegen ihrer strategisch wichtigen Lage von vielen Weltmächten besetzt worden.

Als sie den Bus verließen, hielt der Fahrer ihnen eine Dose für Trinkgeld hin. Giles fischte in seiner Tasche nach einigen Münzen und warf sie hinein. »Wären am besten in einen Duftbaum investiert«, grummelte er. »Und Wifi.«

Im Gedränge am Busbahnhof streckte er sich erst einmal genüsslich. »Also ich finde ja immer noch, dass wir besser geflogen wären. Dass der Orphische Rat uns aufspürt, ist ungefähr so wahrscheinlich wie … oha.«

Aus der Menge trat Lionel Thwaites. Er trug einen tadellosen weißen Anzug und einen Hut mit breiter Krempe. »Was wolltest du gerade sagen, mein Junge?«

Augenblicklich war Natalie in Alarmbereitschaft und suchte das Gewühl nach weiteren Anhängern des Orphischen Mysteriums ab.

»Immer mit der Ruhe«, sagte Thwaites. »Noch seid ihr nicht aufgeflogen.«

»Aber wie hast du dann …?«, setzte Giles an.

»Deine Kreditkarte«, unterbrach ihn Thwaites. »Ihr hättet die Bustickets in bar bezahlen sollen. Ich bin vor rund drei Stunden in der Stadt angekommen und hatte ein sehr entspanntes Mittagessen in meinem Hotel am Strand.«

Natalies Großvater senkte den Kopf. »Es tut mir leid, dass wir dich angelogen haben, Lionel«, sagte er geknickt.

»So wie mir, alter Freund. Aber ich kann mich gut in deine Lage versetzen. Du hattest Sorge, meine Loyalität zu Orpheus stünde über der zu dir.«

»So in etwa«, antwortete Professor Hardaker.

»Früher einmal wäre ich vermutlich sehr in Versuchung geraten«, gab Thwaites zu. »Doch allmählich sehe ich ein, dass diese Angelegenheit alles andere als schwarz-weiß ist.« Er sah Giles vielsagend an. »Ich schulde dir eine Entschuldigung, Giles. Du hattest recht. Der Rat hat den Tod deiner

Eltern vorhergesehen, und ich habe mir einreden lassen, dass man nichts dagegen unternehmen könnte. Möglicherweise lagen die Mitglieder mit ihrer Theorie richtig, trotzdem hätte ich mehr tun sollen.« Seine Stimme brach, und als er aufblickte, waren seine Augen voller Tränen. »Diesen Fehler werde ich nicht noch einmal machen.«

Natalie war gespannt, wie Giles reagieren würde. Würde er wütend werden und sich über Thwaites aufregen? Doch nach einem kurzen Zögern streckte er die Hand aus. Überrascht schüttelte Thwaites sie.

Als es hinter ihnen hupte, drehten sie sich erschrocken um. Doch es war nur Romain, der auf dem Fahrersitz eines Minivans hockte.

»Wie macht er das jedes Mal?«, fragte Natalie.

»Wahrscheinlich hat er den eigentlichen Fahrer erwürgt und in den Kofferraum gesteckt«, meinte Giles.

»Das ist ein Scherz, richtig?«, fragte Avery Hardaker.

»Es ist wohl angebracht, nicht zu viele Fragen zu stellen«, sagte Thwaites. »Wohin geht die Fahrt?«

»Zur Hagia Sophia«, antwortete Giles. »Natalie glaubt, der dritte Omentext könnte dort sein.«

»Der dritte?«, wiederholte Thwaites. »Soll das heißen, den zweiten habt ihr in Griechenland gefunden?«

»Erklären wir dir unterwegs«, sagte Giles. »Ich fahr vorne mit!«

Obwohl sie Bilder von der Hagia Sophia kannte und wusste, dass sie über eintausend Jahre lang die größte

Kathedrale der Welt gewesen war, hätte Natalie nichts auf diese ungeheure Größe und Ausstrahlung vorbereiten können. Hunderte von Metern ragte sie in die Höhe: eine riesige Kuppel mit vergoldeter Spitze, umgeben von kleineren Kuppelbauten und den vier hohen Minaretten. Wäre sie nicht aus uralten Steinen erbaut gewesen, hätte Natalie sie für ein Raumschiff gehalten, das mitten in dem bewaldeten Park gelandet war. So ein Gebäude hatte sie im ganzen Leben noch nie gesehen. Hunderte Touristen strömten an den Außenwänden des Museums entlang, beäugt von Dutzenden von Wachmännern. Hier die letzte Omenschrift zu finden, schien nahezu unmöglich.

»Wir müssen vorsichtig sein«, sagte Thwaites. »Der Orphische Rat hat die Wohnung in Olmütz durchsucht. Ein Großteil von Averys Forschung dürfte ihnen also vertraut sein. Lange wird es nicht dauern, bis sie begriffen haben, dass es euch hierher verschlagen hat, egal wie gut wir unsere Spuren verwischen.«

Und falls ich bei meinem Nickerchen im Bus dem Aither aus Versehen einen Besuch abgestattet habe, könnte es sogar noch schneller gehen, dachte Natalie mit schlechtem Gewissen.

Sie reihten sich in die Schlange am Haupteingang ein, von wo aus Natalie nervös die übrigen Touristen beobachtete. Sollten die Anhänger von Orpheus und Eris bereits hier sein, würden sie sich nicht leichtfertig zu erkennen geben.

Nachdem sie eine halbe Stunde lang angestanden hatten, bezahlten sie den Eintritt und ließen ihr Gepäck checken. Ein Angestellter verteilte Flyer über das Museum. Obwohl Natalie auf der Busfahrt schon alles Wissenswerte über die Sehenswürdigkeit gelesen hatte, nahm sie einen. Am deutlichsten waren ihr die vielen Mythen im Gedächtnis geblieben, die aus dem Boden geschossen waren, als Konstantinopel den Eindringlingen aus dem Osmanischen Reich zum Opfer gefallen war. Ein Teil der Stadt war von einer Sturmflut überschwemmt worden, und während der Belagerung hatte es sogar eine partielle Mondfinsternis gegeben, die dem Untergang der Stadt vorausging. Besonders faszinierend fand sie die Geschichte über die Priester der Kathedrale, die in den Wänden verschwunden waren, um der Gefangennahme durch die osmanischen Streitkräfte zu entgehen. Natalie hatte diese Geschichte als typisches Ammenmärchen abgetan. Doch als sie die gigantische Eingangshalle betrat, kam ihr der Zauber des Ortes mit einem Mal sehr real vor. Zu beiden Seiten lag ein zweistöckiger Säulengang, über dem sich mehrere Reihen von Fenstern erstreckten. Von außen fiel goldenes Licht herein. Die ganze Kuppel und die wunderschönen geometrischen Fresken darauf schienen zu leuchten. Selbst Giles reckte seinen Hals und schaute sich aufmerksam um, während sie mit langsamen Schritten über den Marmorboden gingen. Umgeben von so viel Pracht, fühlte sich sogar reden irgendwie falsch an, also schwiegen sie und ließen alles auf sich wirken. Irgendwann musste Natalie aber doch sprechen. Den Blick nach oben gerichtet, flüsterte sie.

»Und wie findest du's? Ziemlich abgefahren, was?«

Als Giles nicht reagierte, drehte sie sich zu ihm um. Er war nicht da. Niemand war da. Keine Touristen, kein Romain, kein Thwaites.

»Granddad?«, wisperte sie.

Tauche tiefer ein, raunte eine Stimme, die hundertfach von den Wänden widerhallte.

»Mum?«

Natalie wurde eiskalt, als sie sich im weiten Raum umschaute. Alles hatte sich verändert. Die Anschlagtafeln und Schaukästen waren verschwunden, stattdessen wehte Rauch durchs leere Mittelschiff. Es roch nach brennendem Holz. Natalie drehte sich im Kreis und versuchte, sich zu orientieren. Das alles war doch komplett unlogisch. Durchgänge hatten sich verändert, Fresken fehlten. Der ganze Ort fühlte sich irgendwie tot und verlassen an.

Dann hörte sie Schritte. Drei Männer in Roben liefen direkt auf Natalie zu. Erschrocken wich sie zurück. Doch die Männer beachteten sie gar nicht, sondern hasteten an ihr vorbei in ein Nebengewölbe. »Warten Sie!«, rief Natalie, wurde aber ignoriert. Kein Wunder. Jetzt erst begriff sie, dass sie nicht die Gegenwart, sondern die Vergangenheit vor sich hatte.

Sobald die Priester verschwunden waren, brach ein Teil der Wand ein und bedeckte den Boden mit Steinen. Soldaten mit seltsam spitzen Helmen preschten mit gezogenen Schwertern ins Mittelschiff. Sie brüllten sich gegenseitig etwas zu, bevor sie sich in mehrere Gruppen aufteilten, um die verschiedenen Teile des Gebäudes zu durchkämmen. Ihre Rüstungen waren voller Blut, und der Blick in ihren Augen verriet, dass sie zu gerne noch mehr vergießen würden. Zwei Soldaten hasteten in dieselbe Richtung wie die geflohenen Priester, und Natalie spürte den überwältigenden Drang, sie aufzuhalten. Denn jetzt verstand sie, was auf dem Spiel stand. Sie stellte sich in den Weg, blockierte den Durchgang, doch die Soldaten rannten einfach durch sie hindurch und waren bald außer Sicht.

Als sie die Augen wieder öffnete, sah sie Giles vor sich, der mit der Hand vor ihrem Gesicht hin und her wedelte. Die Geräusche der herumwuselnden Touristen und die herrlichen Farben des Museums kehrten zurück.

»Lass mich raten – noch eine Vision?«, fragte Giles.

Natalie schlang die Arme um ihre Schultern und nickte. Es war wieder warm, trotzdem hatte sie eine Gänsehaut. »Ich glaube, ich weiß, wo die Kassandren von Orpheus die Schrift versteckt haben.« Sie zeigte auf den Gewölbegang, durch den sie geflohen waren. Der Zugang war mit einem Vorhang verdeckt, und auf einem Schild stand: *Kein Zutritt.* Einen knappen Meter weiter hatte sich ein Museumswärter aufgebaut, der Natalie neugierig musterte. Doch schon bald wurde er von etwas anderem abgelenkt. Natalie und Giles gingen zu Avery Hardaker und Lionel Thwaites, um ihnen von ihrer Vermutung zu erzählen.

»Und das hat dein Nous dir gezeigt?«, fragte Thwaites. »Bist du sicher?«

»Bisher hat er mich nicht im Stich gelassen«, sagte Natalie.

Ihr Großvater linste zu dem Vorhang. »Da hineinzukommen, könnte knifflig werden«, sagte er.

»Vielleicht kann Romain ein Ablenkungsmanöver starten«, schlug Giles vor. »Jemandem eine reinhauen oder so.«

»Kein guter Vorschlag«, meinte Thwaites. »Die Wärter hier sind bewaffnet. Irgendeine Idee, was sich hinter dem Vorhang befinden könnte?«

»Augenblick«, sagte Natalies Großvater. »Da drüben hängt ein Plan.«

Er stürmte zu einem Notizbrett im Zentrum des Mittelschiffs, während ein schlaksiger Tourist mit Baseballkappe genau in die Gegenrichtung drängte. Als beide zusammenprallten, fiel der Rucksack des Mannes auf den Boden. Ein Reiseführer und etwas Krimskrams fielen heraus.

»Oje! Ich bitte vielmals um Verzeihung«, entschuldigte sich Natalies Großvater und bückte sich, um beim Aufheben zu helfen.

»Schon in Ordnung«, kam die kühle Antwort. Die Stimme ließ bei Natalie die Alarmglocken schrillen. Jetzt fiel ihr auf, dass der Mann mit der Kappe eine Pistole in der Hand hielt. Sie war eng an seine Taille gedrückt, doch er zielte direkt auf ihren Großvater. Sein Gesicht war dünn und ausgemergelt. Blasse Haut spannte sich über die Knochen, und in seinen Augen funkelte ein fanatischer Glanz, den Natalie nur zu gut kannte. Unter den hochgerollten Hemdsärmeln versteckten sich gewundene Formen und seltsame Symbole, die Natalie bekannt vorkamen. Auch Anaths Schädel war voll mit solchen Tätowierungen gewesen.

Das Mysterium von Eris.

Thwaites, der neben Natalie stand, erstarrte.

»Wir wollen doch nicht für Aufsehen sorgen«, sagte der Kappenträger mit rauer Stimme. »Wie wäre es deshalb, wenn Sie mit uns mitkommen?« Er warf Natalie und ihren Freunden einen Blick zu. »Sie alle.«

Mit *uns*? Natalie schaute sich um, auf der Suche nach den anderen Feinden in der Menge.

Romain schritt auf den Mann mit der Waffe zu, doch ein muskelbepackter Riese schnitt ihm den Weg ab. Es war Ladon, der Mann aus Ägypten. *Also hat er Philae überlebt.* »Niemand muss verletzt werden«, grollte er mit tiefer Stimme. »Doch wir *werden* Sie verletzen, wenn Sie auf dumme Gedanken kommen. Wir haben sämtliche Ausgänge unter Kontrolle.«

Thwaites pfiff Romain zurück. »Wir haben keine Wahl.«

Natalie fiel auf, dass auch die Frau, mit der sie in Ägypten gekämpft hatten, da war. Sie lauerte einige Meter entfernt mit einer dunklen Perücke und einer Kamera um den Hals.

Der Mann mit der Baseballkappe gab die Richtung vor.

»Nach draußen! Jede falsche Bewegung wird Sie teuer zu stehen kommen, das verspreche ich.«

Lionel hatte recht. Sie konnten gar nichts anderes tun, als zu gehorchen. Während Natalie herumgeschubst wurde, entdeckte sie neben einer Säule eine Gestalt, die sie direkt ansah. Sie trug einen Schal über dem Gesicht und eine dunkle Brille.

Die Gesichtslose! Sie ist hier!

Hieß das, dass auch der Rest des Orphischen Mysteriums da war? Hatten sie bemerkt, was los war? Vielleicht konnte sie die Anhänger von Orpheus warnen, falls sie in der Nähe waren. Natalie blickte sich kurz um, und als sie wieder zu der Säule schaute, war von der Frau nichts mehr zu sehen. Hatte Natalie sie sich nur eingebildet? Bei den ständigen unbeabsichtigten Abstechern in den Aither war das schwer zu sagen.

Der Riese führte sie zurück zum Haupteingang. Der Schläger mit der Kappe und der Pistole sowie die Frau gingen hinter ihnen. Doch vor der Tür drängten sich so viele Menschen, die ebenfalls nach draußen wollten, dass sie warten mussten. Natalie merkte, wie angespannt Ladon war. Vielleicht hatte er geblufft. Was, wenn sie nur zu dritt waren, so wie in Philae? Dann hätten Natalie und ihre Begleiter eine Chance, die Feinde zu überwältigen. Noch während ihr der Gedanke durch den Kopf schoss, trat ein Mann in einer grellgrünen kurzen Hose neben sie. Schnell drückte er der Eris-Huldigerin etwas in die Seite. Die Frau stieß einen Schrei aus, warf die Hände in die

Höhe und klappte zusammen, wobei ihr die Perücke vom Kopf rutschte. In diesem Augenblick verließ eine andere Frau den Wartebereich hinter der Absperrung und eilte entschlossen auf sie zu. Als der Schläger mit der Waffe sie bemerkte, zielte er. Bevor er abdrücken konnte, warf Natalie sich gegen seinen ausgestreckten Arm. Der Schuss zerfetzte eins der Deckenfresken.

Panik brach aus. Schreie, Rufe, Menschen liefen durcheinander.

Natalie spürte, wie sie von dem Mann mit dem hageren Gesicht zu Boden gedrückt wurde. Er richtete die Pistole auf sie. Doch nun war die Frau vom Orphischen Mysterium bei ihnen, packte den Schläger an Handgelenk und Ellbogen und drehte sich überraschend um. Knackend brach der Arm des Riesen, und er heulte vor Schmerz auf.

Sämtliche Touristen drängten zur Tür. Als Natalie aufstehen wollte, wurde sie direkt wieder umgerannt. Dann waren Romain und Giles bei ihr, die ihr auf die Beine halfen. Aus dem Mittelschiff eilte die Security herbei. Natalies Großvater hob die Hand und schaute sie an, doch dann wurde er vom Menschenstrom mitgerissen. Ladon neigte die Schulter und donnerte wie ein Rammbock auf sie zu. Weit kam er allerdings nicht. Zwei Anhänger Orpheus' schnitten ihm den Weg ab. Als er sie sah, blieb er stehen und zog seine Waffe. Hunderte Touristen in Todesangst kreischten noch lauter, als sie die Pistole entdeckten. Bevor er sie abfeuern konnte, lag er außer Gefecht auf dem Boden.

»Los!«, rief Giles. »Das ist unsere Chance!«

Natalie verstand sofort – der Wärter in der Nähe des Vorhangs hatte seinen Posten verlassen und schritt durch die Menge, auf der Suche nach der Ursache für diesen Aufruhr. Während alle anderen zu den Ausgängen strömten, rannten Natalie, Romain und Giles durchs Innere der Kathedrale auf den abgelegenen Gang zu.

»Was ist mit Granddad? Und Lionel?«, fragte Natalie, die die beiden nirgends sehen konnte.

Giles zögerte verunsichert. Schließlich wandte er sich an Romain. »Geh sie suchen. Und pass gut auf sie auf.«

Romain schüttelte den Kopf. »Meine Aufgabe ist es, dich zu beschützen.«

»Deine Aufgabe ist, zu machen, was ich sage!«, fuhr Giles ihn an. Als Romain sich nicht rührte, sprach er sanfter. »Bitte. Manchmal ist er ein dummer alter Knacker, aber trotzdem ein guter Kerl. Und Natalie braucht ihren Großvater. Ich kann allein auf mich aufpassen.«

Romain nickte knapp, bevor er davonsprintete. Giles und Natalie rissen den Vorhang zur Seite und platzten durch den Durchgang. Auf der anderen Seite führte eine Treppe aus Stein in die Tiefe. Weiter hinten schien jedoch von irgendwoher Tageslicht zu kommen. Natalie verdrängte ihre Sorgen um Lionel und ihren Großvater und ging voraus. Der Aither hatte sie aus einem bestimmten Grund an diesen Ort geführt, sie durfte sich jetzt nicht beirren lassen.

Am Ende der Stufen lag ein kleiner Innenhof von etwa

fünf Quadratmetern, der von allen vier Seiten eingeschlossen und nur zum Himmel hin offen war. Die Mauern hatten Zinnen und waren mit wunderschönen Fliesen bedeckt, die in vielen Grüntönen mythologische Szenen von badenden Nymphen in Teichen, Tempelruinen und Gärten voller Vögel zeigten. Der Boden war übersät mit abgebrochenem Mauerwerk und umgestürzten Statuen mit zerfressenen Konturen. In der Mitte stand ein meterhohes Schmuckstück, das einmal eine Art Brunnen gewesen sein könnte.

»Das ist eine Sackgasse«, stellte Giles fest.

»Vielleicht.« Natalie untersuchte die Mauern.

Giles warf einen Blick zurück. »Hat einer der Eris-Typen uns hier reingehen sehen? Dann hocken wir nämlich ernsthaft in der Falle.«

Natalie fiel auf, dass die Bilder an den Wänden ganz und gar nicht wahllos waren, sondern eine Geschichte erzählten.

»Weißt du, was das hier ist?«, fragte sie.

»Der Ort, an dem wir ein dreckiges Ende finden?«, riet Giles.

Natalie zeigte auf die erste Vertäfelung, auf der Frauen in langen Gewändern Blumen zu pflücken schienen. »Das ist die Geschichte von Orpheus und Eurydike.«

Auf der zweiten Fläche sah man, wie eine der Frauen von einer Schlange gebissen wurde, auf der daneben hielt ein Mann ihren sterbenden Körper in den Armen.

»Als seine geliebte Eurydike starb«, erklärte sie, »ging

Orpheus in die Unterwelt, um sie zurückzuholen.« Ein anderes gefliestes Bild zeigte einen Mann mit einer Leier, der eine Höhle betrat. »Dort unten spielte er für Hades, den Gott der Unterwelt. Sein Lied war so schön, dass dieser Orpheus erlaubte, Eurydike mitzunehmen.«

»Die Geschichte hast du mir schon mal erzählt!«, sagte Giles. »Das Ganze funktionierte nur unter der Bedingung, dass er sich nicht umdreht, solange sie ihm hoch zu den Lebenden folgt. Aber er hat's versaut.«

»Stimmt.« Natalie zeigte auf das letzte Bild. Hier lag die Leier am Boden. Mit ausgestreckten Armen griff Orpheus hinter sich, während Eurydike durch einen Tunnel in die Finsternis stürzte. »Er konnte nicht anders.«

Natalie trat an die Wand. Wenn die Gestalten in den Roben hierhergekommen waren, mussten sie hier gestorben sein. *Es sei denn …*

Sie musste an die Geschichte über die Priester denken, die in den Wänden verschwunden waren.

»Ich glaube, hier könnte doch ein Weg rausführen«, sagte sie, legte die Finger auf die Kacheln und drückte. Die Wand war absolut solide. Sie versuchte ihr Glück auf den Fliesen, die Orpheus zeigten, dann auf denen mit seiner Leier. Nichts rührte sich.

»Wenn es hier drinnen irgendeinen Geheimgang gäbe, meinst du nicht, dass man den irgendwann in den letzten sechs Jahrhunderten mal entdeckt hätte?«, nörgelte Giles.

»Hilf mir lieber!«, beschwerte sich Natalie und hörte selbst, wie verzweifelt sie klang.

Giles tat ihr den Gefallen und drückte wahllos auf Kacheln, in der vergeblichen Hoffnung, es könnte etwas bringen. *Er hat ja recht,* dachte sie. So einfach konnte es nicht sein. Sonst hätte jeder x-Beliebige das Versteck aus Versehen öffnen können. Wahrscheinlich waren die Kacheln doch nichts weiter als ein hübsches Bild.

Aber warum hat der Aither mich dann hergebracht? Und die Stimme meiner Mutter …

Es konnte kein Zufall sein, dass dieses Mosaik ausgerechnet die Geschichte von Orpheus erzählte. Das Schicksal hatte Natalie diese Treppe hinuntergeschickt. Es *musste* mehr dahinterstecken. Und auch wenn es dämlich klang, dass Priester in Wänden verschwanden, wäre das nicht das einzige Unglaubliche an ihrer ganzen verworrenen Situation.

»Was ist mit den Leiern?«, fragte Giles.

»Hab ich schon versucht.«

»Alle auf einmal?«, hakte Giles nach.

»Wie meinst du das?«

»Du hast doch gesagt, dass mehrere Priester verschwunden sind. Was, wenn man die Tür nur zu mehreren öffnen kann?«

Natalie trat einen Schritt zurück. Insgesamt gab es drei Kacheln mit einer Leier darauf. Sie legte die Hand auf eine davon. Giles übernahm die nächste, und als er sich ordentlich streckte, konnte er auch die dritte erreichen, zumindest mit den Fingerspitzen.

»Das ist zu weit weg!«, keuchte er.

»Probier's mit dem Fuß«, schlug Natalie vor.

Auf einem Bein balancierend, streckte Giles den Fuß aus. »Jetzt komme ich mir so richtig bescheuert vor.«

»Auf drei drücken wir«, sagte Natalie. »Eins, zwei …«

Bei »drei« drückte sie auf ihre Fliese.

Nichts geschah. Enttäuscht ließ sie den Kopf hängen. Dann ertönte hinter ihnen ein schabendes Geräusch. Gemeinsam drehten sie sich um und sahen, dass der kaputte Brunnen in der Mitte des Innenhofs zur Seite geglitten war und ein Loch im Boden freigegeben hatte.

»Danke, Orpheus!«, murmelte Natalie.

KAPITEL 16

ARA

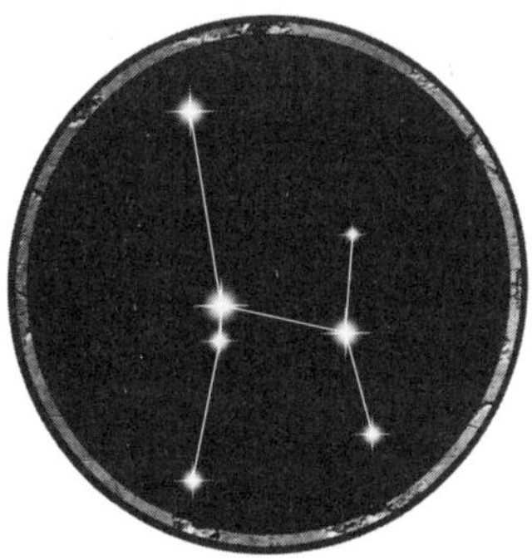

Der Altar, über dem die Götter
den Krieg erklärten.
Ein Opfer wird verlangt.

Natalie schaltete die Taschenlampe ihres Handys ein und begutachtete die Öffnung. Eine klapprige Holzleiter führte in die Dunkelheit. *Genau wie Orpheus' Abstieg in die Unterwelt …*

»Was, meinst du, ist da unten?«, wisperte Giles.

»Ich würde auf irgendeinen Fluchtweg tippen, vielleicht zum Meer«, sagte Natalie.

»Ladies first«, flüsterte Giles.

Natalie stellte den Fuß auf die erste Sprosse, die unter ihrem Gewicht knarrte. »Ein Schritt nach dem anderen«, murmelte sie. Nachdem sie etwa zehn Sprossen hinuntergeklettert war, fand sie sich in einem breiten unterirdischen Korridor wieder. An seinem Ende begann ein niedriger Tunnel. Doch den nahm Natalie kaum wahr. Vor ihr war eine Wand, ganz aus goldenen Platten, die im Licht ihres Handys glänzten.

»Cool!«, sagte Giles.

Die Oberfläche sah an manchen Stellen fast poliert aus, während sie anderswo völlig verstaubt war. Zeichnungen und Worte auf Latein waren zu sehen. Die Anordnung kam Natalie bekannt vor – sofort war ihr klar, dass sie auf die dritte Omenschrift blickte. Es war ein Triptychon: drei Teile, die jeweils oben ein reich geschmücktes Bild zeigten und darunter eine Szene mit vielen Details.

Auf dem ersten Teil war eine Frau in einer kurzen Tunika mit einem Helm zu sehen. Ihr Haar fiel lose herab, und in den Händen hielt sie einen Kurzbogen sowie einen Pfeil.

»Die kenne ich«, sagte Giles stolz. »Die haben wir auf den Tafeln aus Korinth gesehen. Das ist Artemis, die griechische Göttin der Jagd. Sie ist das Gegenstück zu Orion aus deiner Vision und …«

»Halbe Punktzahl«, unterbrach Natalie ihn. »Eigentlich ist das Diana – die römische Variante von Artemis.«

Das Bild unter der Jägerin zeigte einen bärtigen Mann, der eine Art Schmiede beaufsichtigte, wo Arbeiter im Lendenschurz Feuer schürten und etwas Flüssiges in Formen gossen, bis am Ende fertige Kanonen herauskamen. Darunter stand etwas geschrieben, und Natalie trat näher, um es lesen zu können.

»Hier steht: *Orbanus, der Durchtriebene, Kriegsberater unserer Feinde, brachte seine Kanonen in unsere Stadt.*«

Vage erinnerte sich Natalie daran, einmal gehört zu haben, dass die Osmanen einen ungarischen Handwerker namens Orban engagiert hatten, der für sie die Geschütze fertigte.

Das nächste Omen war eine eingerollte Schlange mit erhobenem Kopf und zuckender Zunge, bereit zum Angriff. Das Bild darunter zeigte die Stadt, wie auf einer Karte. Eingerahmt wurde sie von Kanonen, die von allen Seiten auf sie gerichtet waren. Die Steinmetze hatten sogar Mündungsfeuer eingraviert. Die Schrift darunter war blass, doch als Natalie ihr Licht näher daranhielt, konnte sie die Inschrift für Giles übersetzen.

»Innerhalb von fünfzig Tagen hatten sie unsere Mauern zerschmettert.«

»Und was hat die Schlange damit zu tun?«, fragte Giles.

Natalie überlegte und verglich dabei das Bild mit den Omentexten, die sie schon gefunden hatten. »Der Stern Thuban war bei den Griechen als der Drache bekannt, doch die Römer nannten ihn Schlangenkopf. Wahrscheinlich deuteten sie das Omen so, dass es ihnen die Kanonen ankündigte, die Orban baute. Die Stadt hatte absolut keine Chance, das Sperrfeuer zu überstehen – wochenlang hielten sie der Belagerung stand, aber am Ende mussten sie aufgeben.«

Sie staunte nicht nur über die Details der Bilder, sondern auch über den Mut der Seher, die sie gezeichnet hatten. Die Omen hatten sie sicherlich noch vor der Machtübernahme der Osmanen festgehalten. Doch um ihr Werk zu vollenden und aufzumalen, was diese Omen angekündigt hatten, mussten sie heimlich durch den Tunnel zurückgekehrt sein.

Der letzte Teil des Triptychons war fast komplett mit Staub bedeckt, doch die Darstellung unter dem Omen war deutlich. Es war das Profil eines jungen Mannes mit einem großen Turban, dessen Gesicht ein Bart zierte. Er war umgeben von Truhen, die vermutlich eroberte Schätze oder wertvolle Geschenke enthielten.

»Das ist Sultan Mehmed der Zweite, auch bekannt als *Der Eroberer*«, erklärte Natalie Giles. »Als er Konstantinopel einnahm, war er gerade mal einundzwanzig.«

»Und welches Omen war seins?« Giles wischte den Staub vom oberen Teil.

In Natalies Sternenvision hatte Sirius, der Zerstörer, Chaos über den Himmel gebracht. In Ägypten hatten die Kassandren den Schakalgott Anubis gesehen, und für die Griechen war es Hermes gewesen, der den Untergang verkündete.

Als Giles den Schmutz entfernt hatte, ergab das Bild zunächst wenig Sinn. Es waren zwei Gesichter, beide im Profil, die in verschiedene Richtungen schauten, aber in der Mitte miteinander verbunden waren.

»Hey! Sieht genau aus wie deine Maske«, meinte Giles. »Wie heißt die gleich?«

Natalie hatte das Gefühl, als würden die Wände auf sie zukommen und ihr die Luft abschnüren.

»Janus«, murmelte sie. »Das ist eine Darstellung von Janus.«

»Komischer Zufall, was?«, meinte Giles. »Hat dein Dad dich nicht auch so genannt?«

Meine Tochter Janus, nichts stirbt, verändert sich nur. Du musst wählen, welche Maske du trägst.

»Wir müssen hier raus«, sagte sie und wandte sich von der Wand ab.

»Warte«, sagte Giles. »Was bedeutet das?«

»Ich … ich weiß es nicht.« Natalie war eiskalt. Den Strahl ihres Handys noch immer auf die Wand gerichtet, suchte sie Khalils letzte Zeichnung heraus. Diesmal traute sie sich kaum, hinzusehen. Als sie es doch tat, hatte sich das Gesicht der Gestalt, die Feuer verschoss, in das des doppelgesichtigen Gotts verwandelt. Vor ihren Augen verschwamm es erneut. Gebannt sah sie, wie die Züge sich langsam zu einem neuen Gesicht formten. »Nein …«, murmelte sie, obwohl sie sich tief in ihrem Innern fragte, ob sie es nicht eigentlich längst gewusst hatte.

Es war ihr eigenes Gesicht.

KAPITEL 17

ANDROMEDA

Die angekettete Gefangene.
Die Fesseln des Schicksals binden dich.

Natalie ließ das Handy fallen, und es krachte scheppernd auf den Boden.

»Alles okay?«, fragte Giles.

»Nicht wirklich«, antwortete Natalie.

Das kann nicht ich sein …

Über ihnen wurden Schritte laut, dann ertönte die Stimme des brutalen Riesen Ladon. »Sie waren hier. Ich spüre sie.«

Das Mysterium von Eris!

»Schnell!«, sagte Giles. Er schnappte sich ihren Arm und zog sie in den niedrigen Tunnel. Natalie griff nach ihrem Handy und sprintete mit Giles in die pechschwarze Dunkelheit. Die Luft roch feucht und uralt. Hinter ihnen erschien der schwache Schein einer Taschenlampe. Wie weit sie schon gerannt waren, konnte man unmöglich sagen, doch Natalie tippte auf einige Hundert Meter. Bald wurde der Boden unter ihren Füßen schlammig, und sie platschten durch flaches Wasser. Vor sich sah Natalie schwaches Tageslicht, allerdings wurde das Ende des Gangs von mehreren großen Steinbrocken versperrt. Einen schob Giles zur Seite. Natalie half ihm und schaffte es, einen zweiten zu bewegen, sodass sie genug Platz hatten, auf dem Bauch ins Freie zu robben. Natalie kroch als Erste durch die Öffnung, dann packte sie Giles' Handgelenke und zog ihn nach.

Sie hatten eine felsige Küste erreicht, einige Hundert Meter von einer großen Straßenbrücke entfernt, die bis zum gegenüberliegenden Ufer reichte. Dazwischen floss ein breiter Streifen Wasser. Es war kein Mensch in der Nähe. Doch hinter ihnen zischte dichter Verkehr über eine gewaltige Durchgangsstraße. Nicht weit dahinter blitzte über Hoteldächern und anderen Gebäuden die Kuppel der Hagia Sophia hervor, aus der sie gerade geflohen waren.

»Wir müssen zu Lionel und zu meinem Granddad«, sagte Natalie.

Doch zuerst einmal türmten sie mehrere Steine vor den Ausgang, sodass vom Tunnel nichts mehr zu sehen war. Einen Mann von Ladons Stärke mochte es nicht aufhalten, aber wenigstens Zeit kosten.

Gemeinsam kletterten Natalie und Giles zur Straße hoch, überquerten sie und tauchten auf der anderen Seite zwischen den vielen Gebäuden unter. Giles rief Thwaites an, und Natalie reimte sich aus dem Gespräch zusammen, dass es allen gut ging und sie in Lionels Hotel waren. Romain würde sie abholen kommen, und zwar in einer Seitenstraße neben der Hagia Sophia. Natalie lief langsam, während sie noch immer versuchte, die Logik in den Dingen, die sie unter dem Museum und auf ihrem Handy gesehen hatte, zu erkennen. Was hatte es zu bedeuten, dass ihr Gesicht in Khalils Zeichnung aufgetaucht war und dass der Überfall der Osmanen durch Janus angekündigt worden war? Würde *sie* die nächste Apokalypse auslösen? Das konnte doch gar nicht sein. Sie würde sich zwar nicht gerade als Teil des Orphischen Mysteriums bezeichnen, aber auf jeden Fall waren sie Verbündete. Niemals würde Natalie sie an das Mysterium von Eris verraten. Sie war kein Sirius, der vernichten wollte. Und selbst *wenn* die Omen etwas in dieser Art andeuteten – Natalie wüsste nicht, wie das überhaupt funktionieren sollte. Anders als Johann Schar oder Ninia Kane hatte sie weder Macht noch Einfluss. *Ich bin nur ein Mädchen.*

Giles hatte offenbar nicht kapiert, was ihr zu schaffen machte, denn immer wieder sagte er Sachen wie: »So viel zum Thema Antworten!«, oder: »Noch mehr Bilder! *Super*« und schließlich »Hoffentlich gibt's im Hotel einen vernünftigen Zimmerservice!«.

»Bitte, sei einfach mal still!«, rief Natalie und fuhr zu ihm herum.

Giles wirkte verdattert.

»O-kay«, sagte er lang gezogen. »Ich hätte eigentlich gedacht, du freust dich ein bisschen. Ich meine, immerhin sind wir am Leben!«

Noch, dachte Natalie. *Aber es ist scheinbar mein Schicksal, eine ganze Zivilisation zu vernichten. Man wird die Toten nicht mehr zählen können. Lauter Unschuldige …*

Als sie der Hagia Sophia näher kamen, sahen sie, dass man sie abgesperrt hatte. Hinter den Polizeibändern hatten sich mehrere Gruppen von Schaulustigen gebildet. Außerdem parkten Dutzende von Streifenwagen in der Nähe. Wie auf Kommando tauchte Romain neben ihnen auf, hielt kurz an und ließ sie einsteigen. Auf der Stirn hatte er einen Schnitt.

»Seid ihr beide unverletzt?«, erkundigte er sich.

Giles nickte. »Und bei euch?«

»Allen geht es gut«, antwortete Romain. »Lionel hat mir erzählt, dass ihr die letzte Omenschrift gefunden habt. Was stand drin?«

Natalie warf Giles einen Blick zu. »Da sind wir uns nicht ganz sicher«, wich sie aus.

Die Fenster der Penthouse-Suite von Lionel Thwaites im Palace Hotel blickten auf die funkelnde Stadt und die Bucht. Nachdem Natalie und Giles sich gewaschen hatten, saßen sie alle in der tiefer gelegten Lounge auf kuschelweichen Samtkissen mit kunstvollen Troddeln, und Natalie berichtete, was sie gesehen hatte. Danach herrschte für mindestens dreißig Sekunden Stille. Giles hörte sogar auf zu essen, was an sich schon merkwürdig genug war, angesichts der Platten mit gemischtem Grillfleisch und frischem Obst vor ihnen. Natalies Großvater schüttelte ein paarmal ungläubig den Kopf. Lionel machte ein nachdenkliches Gesicht.

»*Du?*«, fragte er endlich. »Du leitest die Apokalypse ein?«

»Das ist total unlogisch«, sagte Giles. »Hätte Idris Khalil gewusst, dass du der Auslöser bist, hätte er es dir doch einfach sagen können. Wozu so eine verrückte Schnitzeljagd durch die ganze antike Welt?«

»Vielleicht wusste er es gar nicht«, überlegte Thwaites. »Oft sehen Kassandren die Zukunft nur ungenau. Er konnte lediglich seinen Rat geben, dem wir ja auch gefolgt sind. Welche Rolle Natalie dabei spielt, hat sie ganz allein hineininterpretiert.« Er betrachtete sie. »Bist du sicher, dass du dein eigenes Gesicht gesehen hast? Immerhin war es dort unten dunkel, oder nicht?«

»Ich *bin* sicher«, antwortete Natalie verzweifelt. Aber es war nicht nur ihr Gesicht gewesen … Darin hatte ein Ausdruck gelegen, den sie im Spiegel noch nie gesehen hatte. Kalt und gleichgültig, fast wie in Trance. Ja sogar besessen. Und das war es, was ihr wirklich Angst machte.

Außerdem wurde sie das Gefühl nicht los, dass die Geschichte sich wiederholte. Die Suche ihres Großvaters nach dem Orakulum hatte bei ihr geendet, und jetzt sollte sie auch noch die Bedrohung für die Menschheit sein, nach der sie auf der Jagd waren. Es war, als hätte sie sich selbst eine Grube gegraben.

Natalies Großvater legte die Finger wie zu einer Pyramide aneinander. »Es ist nicht ausgeschlossen, dass wir die Omen falsch gedeutet haben«, sagte er. »Vielleicht müssen wir sie uns noch einmal vornehmen, neu übersetzen …«

»Echt jetzt?«, fragte Giles schnippisch. »Also ich gehe mal stark davon aus, dass Natalie *nicht* plant, die Welt zu vernichten.« Er lächelte sie an. »Oder?«

Sie schüttelte den Kopf und rang sich ebenfalls ein Lächeln ab.

»Sogar Khalil hat Fehler gemacht, stimmt's?«, fügte Giles hinzu.

»Ich glaube, wir müssen mit dem Orphischen Mysterium reden«, sagte Thwaites. »Sie gehen davon aus, dass die Gefahr hauptsächlich von Johann Schar ausgeht – mit Ninia Kane als seiner Komplizin. Diese neue Entdeckung ändert die Lage beträchtlich.«

»Ist das klug?«, gab Avery Hardaker zu bedenken. »Also …« Er wurde rot. »Vielleicht sollten wir uns unter vier Augen unterhalten, Lionel.«

»Könnt ihr vergessen!«, protestierte Natalie. »Hier geht es um mich. Ihr braucht mich nicht vor der Wahrheit zu schützen.«

»Na schön«, sagte ihr Großvater. »Der Rat befürchtet sowieso schon, dass du eine Bedrohung sein könntest. Und diese neue Sache wird ihre Meinung nicht unbedingt ändern.«

Stille. »Soll das heißen, sie kommen sie vielleicht holen?«, wollte Giles wissen.

»Das werden wir nicht zulassen«, versicherte Avery Hardaker. »Aber wir müssen ihnen alles in Ruhe erklären. Sie müssen einsehen, dass es für Natalies Vision eine andere Interpretation geben muss.«

»Einverstanden«, sagte Thwaites.

Es klopfte. Romains Hand verschwand in seinem Jackett, und er ging zur Tür.

»Hat jemand schon wieder den Zimmerservice bestellt?«, fragte Natalies Großvater.

Alle schüttelten den Kopf.

Romain spähte durch den Türspion.

»Es ist die blinde Frau«, teilte er mit. »Und ein paar andere.«

»Lass sie rein«, entschied Thwaites, stand auf und richtete sein Jackett. »Romain, wenn sie auf dumme Gedanken kommen, weißt du, was zu tun ist.«

Die Gesichtslose – mit dunkler Brille, Jeans und Jacke – trat ein in Begleitung von vier anderen: ein Mann und eine Frau im Alter von Natalies Großvater und zwei jüngere, athletische Männer mit steinerner Miene. Das lange, schmale Gesicht des älteren Mannes war bronzefarben. Darin saßen große leuchtende Augen, eingerahmt von dichten, leicht angegrauten Wimpern, was sie umso eindrucksvoller machte. Bei seinem Anblick musste Natalie an ein Pferd denken. Er war nicht nur groß, er strahlte auch eine ruhige Autorität aus, die ihr sofort verriet, dass er das Oberhaupt des Rats war, der unter dem Rathaus von Olmütz getagt hatte.

»Wir bedauern, Sie stören zu müssen«, sagte er mit leichtem italienischem Akzent, der Natalies Vermutung bestätigte, dass es sich um den Vorsitzenden handelte, »doch wir sind der Annahme, dass Sie ein gefährliches Individuum beherbergen.« Er starrte Natalie an.

Romain baute sich vor ihm auf. Das Letzte, was Natalie wollte, war noch mehr Gewalt. Sie fragte sich, was für Waffen das Orphische Mysterium dabeihaben mochte.

»Was um alles in der Welt reden Sie da?«, verlangte Thwaites zu wissen.

Der Mann sprach leise, trotzdem lag etwas Bedrohliches in seinem Ton. »Wir haben das Versteck der dritten Omenschrift unter der Hagia Sophia in Augenschein genommen. Der Bringer der Verwüstung wurde vom Omen des Janus angekündigt.«

»Und?«, fragte Thwaites empört.

Die Gesichtslose löste sich aus ihrer Gruppe und ging mit ausgestreckten Armen auf Natalie zu. Natalie lief ihr entgegen und nahm ihren Arm.

»Du hast es auch gesehen, nicht wahr, mein Kind? Ich habe deine Anwesenheit im Aither gespürt. Du hast gesehen, wer das Chaos bringt.«

»Ja«, wisperte Natalie und fügte nach einer Pause hinzu: »Ich. Ich verstehe es nicht, aber …«

»Also gibt sie es zu!«, unterbrach sie die zweite Frau, deren Haut tiefbraun war. Ihre Haare waren raspelkurz geschoren, und sie sprach mit langem, leicht lispelndem Akzent, den Natalie Westafrika zugeordnet hätte. Vielleicht Nigeria. »Die ganze Zeit über trieb sie sich in unserer Mitte herum, und wir waren zu blind, es zu erkennen.«

»Die Omen irren sich ganz offensichtlich«, erwiderte Thwaites. »Natalie Hardaker ist genauso wenig eine Verbündete von Eris wie ich.«

»Ich muss das entschieden unterstreichen«, sagte Natalies Großvater. »Die Botschaft der Omenschriften war immer die gleiche. Die Ägypter in Philae, die Griechen in Korinth, die Römer hier in Konstantinopel – alle wurden sie gestürzt durch Anführer mit großer Macht und gerissenen Beratern. Natalie kann *unmöglich* die Nächste in solch einer Abfolge sein. Sie hat weder Waffen noch sonst irgendwelche Möglichkeiten, der Welt zu schaden.«

»Wie dem auch sei«, erwiderte das Ratsoberhaupt. »Wir dürfen kein Risiko eingehen. Und Professor Hardaker, Sie müssen zugeben, dass ihr Urteilsvermögen aufgrund ihrer persönlichen Beziehung getrübt ist. Sie muss uns begleiten.«

»Nur über meine Leiche«, sagte Natalies Großvater und streckte die Schultern.

Giles ballte die Fäuste. »Versuchen Sie's ruhig!«

Einen Moment lang hatte es den Anschein, als würde es in der gemütlichen Suite tatsächlich zu einer Prügelei kommen, doch dann stellte Thwaites sich dazwischen und hob beschwichtigend die Hände.

»Ich habe einen Gegenvorschlag, wenn Sie mir zuhören möchten: Wir reisen wieder nach Boston. Dort halten wir Miss Hardaker unter Hausarrest. Stellen Sie von mir aus ein Einsatzkommando ab, wenn es denn unbedingt sein muss.«

»Und Sie bürgen für sie?«, fragte der Ratsvorsitzende.

»Mit meinem Leben«, antwortete Thwaites.

Das Oberhaupt des Rats wandte sich zu seinen Begleitern, und obwohl sie kein einziges Wort wechselten, hatte Natalie den Eindruck, sie würden sich miteinander besprechen.

»Einverstanden«, sagte der Vorsitzende schließlich.

»Aber was wird aus Johann Schar?«, fragte Natalie. »Er ist derjenige, der unbedingt will, dass die Zivilisation zugrunde geht.«

»Das Mysterium von Eris ist geschwächt«, sagte die Gesichtslose. »Und wir behalten genau im Auge, was sie im Aither treiben.«

»Was, wenn sie sich verstecken können, so wie Sie?«, gab Giles zu bedenken.

»Von Uneingeweihten müssen wir uns nichts sagen lassen«, empörte sich eins der jüngeren Ratsmitglieder. Der Mann hatte ein breites, blasses Gesicht und prägnante Züge.

Der Ratsvorsitzende hob eine Hand, um ihn zum Schweigen zu bringen. »Professor Hardaker, wir sind gewillt, Natalie in Ihrer Obhut zu lassen. Doch Sie müssen umgehend nach Boston zurückkehren und bis auf Weiteres dort bleiben.«

Natalies Großvater legte einen Arm um ihre Schultern. »Das kriegen wir hin.«

»Moment!«, sagte Giles. »Natalie und ich sind vielleicht keine Eingeweihten, dafür haben wir die drei Omentexte gefunden, während ihr Typen eure Zeit mit bescheuerten maskierten Treffen verplempert habt.«

»Giles!«, schalt Thwaites ihn. »Es reicht.«

Giles sah aus, als wollte er noch eins draufsetzen, doch Natalie schüttelte den Kopf. Insgeheim freute es sie, dass sie alle so viel Vertrauen in sie hatten, trotzdem blieb sie besorgt. Die Sonnenfinsternis stand in weniger als zwei Tagen bevor, und das Böse lauerte bereits darauf, sie alle ins Unglück zu stürzen. Das Mysterium von Eris würde keine Ruhe geben, also erschien es ihr nicht gerade die beste Idee, in Boston Däumchen zu drehen. Die echten

Antworten waren dort draußen, verborgen im Aither, und tief in ihrem Innern wusste sie, dass sie die Suche nicht einfach so abbrechen konnte.

Selbst wenn es bedeutete, jeden zu hintergehen, der ihr etwas bedeutete.

KAPITEL 18

CIRCINUS

Der Kompass.
Lauft aus der Ferne zusammen.

Hekuba reichte Ixion ein Stück Holz.

»Beiß darauf.«

Ihr Gefährte klemmte den Stock zwischen die Zähne. Die Muskeln seines hageren Kiefers pulsierten. Seine Augen waren blutunterlaufen, und sein blasses Gesicht schwitzte. Das Zimmer des Hinterhofhotels stank nach Gewürzen, und bei ihrer Ankunft hatten sie mehrere Kakerlaken gesehen, die unter dem Bett verschwunden waren. Aber es musste gehen. Ein ordentliches Krankenhaus aufzusuchen, konnten sie nicht riskieren – nicht, solange wegen der Schießerei im berühmtesten Denkmal der Stadt die türkische Polizei nach ihnen suchte.

Ladon, der aus dem Kampf selbst eine geprellte Wange davongetragen hatte, packte Ixions Oberarm, während Hekuba Handgelenk und Unterarm festhielt. Der Knick im Ellbogen verursachte ihr Übelkeit. Der Riese Diomedes sah von einer Ecke im Zimmer aus zu. Sein Körper war mit Verbänden übersät, aber er schien das Ganze beinahe zu genießen.

»Sei stark und vertraue auf Eris«, sagte er zu Ixion.

Als Hekuba kräftig an dessen Arm zog, bäumte Ixion sich auf, und seinen Lippen entkam ein stummer Schrei. Hekuba spürte, wie die Knochen übereinandermahlten, während sie versuchte, sie an die richtige Stelle zu schieben. Anschließend befestigte Ladon schnell eine Schiene und band sie straff. Nach einigen Sekunden spuckte Ixion das Holzstück aus und wischte sich den Schweiß von der Stirn.

»Was tun wir jetzt?«, fragte er. »Der Meister wird verärgert sein, dass wir das Mädchen haben entkommen lassen.« In seinem Blick lag Furcht.

Das Telefon neben dem Bett klingelte.

Ladon aktivierte die Freisprechfunktion. »Ich sagte, wir wollen nicht gestört werden.«

»Das Mädchen ist entkommen, nicht wahr?«

Der Große Mystai? Hekuba wusste, es sollte sie nicht überraschen, dass ihr Meister sie aufgespürt hatte. Zwar hatten sie das Hotel durch reinen Zufall gewählt – vor weniger als zehn Minuten – und bar gezahlt, doch der Gehörnte war erfahren darin, den Aither zu lesen.

»Sie hatte Hilfe von unseren Feinden«, erklärte sie rasch, »doch wir haben gesehen, weswegen sie hier waren – die letzte Omenschrift.«

»Es spielt keine Rolle mehr«, sagte der Meister. »Euer Versagen mag uns jedoch noch zum Sieg verhelfen. Ich spüre, wie der Fluss des Schicksals Fahrt aufnimmt. Wir alle werden von seiner Strömung erfasst werden.«

Hekuba hatte keine Ahnung, wovon genau er redete, doch in seiner Stimme lag so viel Feuer, dass sie ganz aufgeregt wurde.

»Wenn Ihr uns sagt, wo sie ist, können wir sie aufspüren«, schlug Ladon vor. »Die Mystai von Orpheus werden für ihre Missetaten büßen.«

»Nein«, entschied der Große Mystai. »Natalie Hardaker gehört uns. Sie glaubt, sie träfe freie Entscheidungen, doch ihr Wille gehört dem Chaos. Wie bald könnt ihr zurück in die USA kommen?«

Hekuba schaute sich im Zimmer um. Trotz des Drecks sah das Bett verlockend aus. Seit Tagen hatte sie nicht mehr geschlafen.

»Wir können den nächsten Flieger nehmen«, sagte Diomedes.

»Dann tut das«, verlangte der Meister. »Die Botschaft des Aithers ist eindeutig. Khalils letzte Prophezeiung wird morgen Nacht Früchte tragen, und zwar genau hier.«

KAPITEL 19

PURVA ASHADHA

In der vedischen Astronomie der Unbezwingbare.
Nicht alles stirbt.

Komm zu mir, Natalie. Uns läuft die Zeit davon.

Sie rannte durch den Tunnel und folgte dem Ruf. Von der felsigen Decke tropfte Wasser, es drang durch Ritzen und prasselte auf den Boden.

Du musst tiefer eintauchen …

Das Flüstern war nun näher.

»Ich komme, Mum!«, rief sie.

Bitte. Komm zu mir …

Schlitternd blieb Natalie stehen, als das Wasser sie berührte.

»Mum?«, fragte sie. Die andere Seite des unterirdischen Sees war nicht zu sehen. Ihre Mutter war nicht da.

Unter der Oberfläche bewegte sich etwas. Natalie hatte keine Angst. Sie kniete sich hin, um besser sehen zu können, und entdeckte einen blassen Umriss. Eine Hand. Natalie griff ins Wasser und packte sie – es war ihre Mutter, ganz gewiss. Die Finger hielten sie fest, klammerten sich in Todesangst an sie. Ihre Mutter ertrank.

Mit einem plötzlichen Ruck verlor Natalie das Gleichgewicht und stürzte ins Wasser.

Erschrocken wachte sie auf und begriff nur langsam, wo sie war. Erst als sie die Wiege und das Mobile mit dem Janusgesicht entdeckte, erinnerte sie sich. Sie war auf den Dachboden der Wohnung in Boston gegangen, um ein Buch über Nostradamus zu lesen. Jetzt lag es aufgeschlagen auf ihrem Schoß. Mit steifen Gliedern stand sie auf.

Das war der bisher realste Traum von allen gewesen. Als

sie ihre Hand spreizte, konnte sie noch immer den Druck der anderen Finger und ihren verzweifelten Griff spüren. Was bedeutete es, dass ihre Mutter dort unten war, tief im Wasser?

Der Regen des frühen Nachmittags peitschte gegen das Dachfenster, und Natalie schaute zu den Wolken. Der Jetlag musste sie schließlich doch noch eingeholt haben. Von den Staaten nach Europa und zurück zu fliegen, dazu noch die Abstecher nach Ägypten, Griechenland und in die Türkei, hatte ihre innere Uhr ordentlich durcheinandergebracht. Im Moment war die Sonne nicht zu sehen. Trotzdem wusste Natalie, dass sich in nur drei Stunden der Mond vor sie schieben und die gesamte Ostküste in Zwielicht tauchen würde.

Und dann würde das Chaos ausbrechen.

Sie stand auf und tigerte durchs Zimmer. *Ich kann nicht einfach so hier herumsitzen und gar nichts tun.*

Ihr Handy piepte, und sie las die Nachricht von Giles.

Wir können nicht einfach so rumsitzen und gar nichts machen!

Sie lächelte. Giles und Thwaites waren in einem nahen Hotel untergebracht. Der Orphische Rat bereitete sich auf eine Art Zusammenkunft in der Stadt vor – der genaue Treffpunkt war ein Geheimnis. Allerdings ging Natalie sowieso nicht davon aus, dass man sie einladen würde. Die antike Gesellschaft hatte ihr recht deutlich zu verstehen gegeben, dass sie nicht erwünscht war. Man behandelte sie wie eine Seuche, die eingedämmt werden musste.

Aber vielleicht bin ich das ja …

Selbst ihr Großvater schien sie mit anderen Augen zu sehen, seit sie aus der Türkei zurückgekehrt waren. Natalie konnte nicht so tun, als würde es sie nicht verletzen. Nach allem, was sie auf der Jagd nach den Omenschriften geschafft hatte, vertraute er ihr noch immer nicht ganz. Dabei war sie doch nur der Prophezeiung gefolgt, die Idris Khalil hinterlassen hatte. Alles, was er vorhergesehen hatte, war bisher eingetreten. Die drei Omenschriften hatten zur Wahrheit geführt, auch wenn diese Wahrheit grauenhaft war. Für Natalie fühlte es sich an, als würden sie das Handtuch zu früh werfen. Khalils Anweisung war eindeutig.

Du musst deine Zivilisation davor bewahren, als vierte und letzte zu stürzen.

Wie sie das vom Dachboden aus bewerkstelligen sollte, war Natalie ein Rätsel. Sie stupste das Janus-Mobile neben der Wiege mit dem Finger an und sah zu, wie Sonne und Mond sich drehten.

Ihr Handy piepte erneut. *»Bist du da?«*

Sie begann zu tippen: *»Überlege nur gerade, welche Maske ich tragen soll.«*

Die Antwort kam beinahe sofort. *»???«*

Natalie wusste, was sie tun musste, und auch, dass Giles keinem etwas verraten würde, wenn sie ihn einweihen würde. Aber er würde sich Sorgen machen und wahrscheinlich mitkommen wollen.

Helfen konnte ihr nur noch eine ganz bestimmte Person. Und weder ihr Großvater noch Lionel Thwaites oder sonst ein Anhänger von Eris oder Orpheus durfte ihr in die Quere kommen.

Sie trat ans Bücherregal und nahm das *Sternenbuch* ihrer Mutter mit den handgezeichneten Sternbildern heraus. Als sie es umdrehte, fiel ihr die kleine rechteckige Karte in die Hand, die sie gesucht hatte. Es war Ninia Kanes Visitenkarte, die etwas zerknittert war, nachdem sie eine Zeit lang in Natalies Gepäck verbracht hatte. Mit zitternden Fingern wählte sie die Nummer.

»Hallo?«, meldete sich Kane nach dem dritten Klingeln. »Wer ist da?«

»Natalie«, antwortete sie. »Natalie Hardaker. Wir sind uns in Olmütz begegnet.«

»Natürlich!«, sagte Kane. »Was kann ich für dich tun, Natalie?«

Natalie hatte darüber nachgedacht, seit sie Ninia Kanes Hand geschüttelt und sich selbst mit den Schläfenknöpfen gesehen hatte. Es konnte ein Weg sein, tiefer in den Aither vorzudringen und Antworten zu finden, die in seinen Weiten verborgen lagen. Ihre Mutter zu finden.

»Ich brauche Ihre Hilfe.«

Die Wohnung unbemerkt zu verlassen, war nicht schwer. Natalie öffnete das Fenster zur Feuerleiter und kletterte in die Gasse hinab, die hinter dem Wohnblock verlief. Da sie sich keine Jacke hatte holen können, schlang sie die Arme um den Körper und wartete im Schatten der Hausecke, bis eine schicke schwarze Limousine vorfuhr. Nichts deutete darauf hin, dass sie Ninia Kane gehörte, doch das Fenster auf der Fahrerseite rollte herab, und ein Mann im Anzug sagte ihr, sie solle schnell einsteigen. Etwas nervös gehorchte Natalie.

Sie verließen die Stadt, und Natalie fragte sich, wann ihrem Großvater wohl auffallen würde, dass sie fort war. Was würde er dann tun? Ihr Handy hatte sie absichtlich zurückgelassen, damit man es nicht orten konnte. Daneben lag eine Nachricht: *Mach dir keine Sorgen um mich. Ich muss etwas erledigen.*

Die Büros der NiniaCorp waren ein weitreichender Komplex, knapp fünfzig Kilometer weiter südlich an der Küste, umgeben von Maschendrahtzaun und einem Wachhäuschen. Natalies Wagen wurde einfach durchgewunken. Ninia Kane stand persönlich in der prächtigen Empfangshalle. Sonst konnte Natalie niemanden sehen. Als sie aus der Limousine stieg, wirkte der Himmel dunkler, als er sein sollte. Obwohl es aufgehört hatte zu regnen und die Sonne zwischen den Wolken hervorlugte. Am linken Rand überdeckte der Mond bereits einen winzig kleinen Streifen.

Die Finsternis rückte näher. Viel Zeit blieb nicht mehr.

»Danke, dass ich kommen durfte«, sagte Natalie und griff nach der Hand der Wissenschaftlerin. Als sie sich berührten, fügte sie hinzu: »Und dass Sie keinem etwas davon sagen.«

»Seit unserem Treffen bin ich total fasziniert von dir«,

sagte Ninia Kane. »Mir war gleich klar, dass du etwas Besonderes bist. Deine Freunde vom Orphischen Mysterium wissen das auch. Bitte, komm mit.«

Natalie hatte Kane nicht genau erzählt, warum sie die MindTouch-Technologie ausprobieren wollte, nur dass sie im Aither nach Antworten suchte. Doch vermutlich hatte eine so einflussreiche Frau wie Ninia Kane ihre Hausaufgaben gemacht. Bestimmt wusste sie, dass Natalies Mutter schon ihr Leben lang vermisst wurde.

Zeit, es durchzuziehen – wirklich *tiefer einzutauchen.*

Sie fuhren in dem Lift nach unten, den Natalie auch in ihrer Vision von Schars Besuch im Labor gesehen hatte. Zum ersten Mal war sie nicht nur gespannt, sondern fühlte auch einen Anflug von Furcht. Ein Teil von ihr wäre gerne umgekehrt.

Ninia Kane schien Natalies Unbehagen zu bemerken. »Alles ist okay, Natalie. Du musst nichts tun, was du nicht tun willst.«

Natalie straffte die Schultern und trat aus dem Aufzug. »Mir geht's gut.«

Insgeheim allerdings dachte sie: *Sie irrt sich. Mir bleibt keine Wahl – ich bin diejenige, die das Chaos aufhalten muss.*

Ninia Kane brachte Natalie ins MindTouch-Labor, wo mehrere Wissenschaftler bei der Arbeit waren, alle trugen weiße Kittel, Handschuhe und einen Mundschutz vorm Gesicht. Zwei Männer schoben gerade eine Couch mit schräger Rückenlehne in die Mitte des Raums.

»Wir wollen es dir so gemütlich wie möglich machen«, sagte Ninia Kane.

Natalie bedankte sich und setzte sich auf die gepolsterte Liege. Inzwischen hatte ihr Großvater mit Sicherheit bemerkt, dass sie fort war. Er musste sich schreckliche Sorgen machen.

Sie verdrängte ihre Gewissensbisse. Wenn das hier funktionierte, wenn sie die Antworten fand, die sie brauchte, würde er ihr vergeben.

Ninia Kane kam mit einem Schläfenknopf in der offenen Hand zu ihr. »Keine Sorge – es tut nicht weh«, erklärte sie. Als sie ihn einschaltete, leuchtete das Schlangenlogo auf der Oberfläche auf. Behutsam strich sie Natalies Haar von der Schläfe und legte das kühle Metall auf ihre Haut.

»Warten Sie!« Natalie schrak hoch. »Warum die Schlange?«

Kane lächelte. »Ninia ist eine Schlange Mittelamerikas«, erklärte sie. »Meine Mutter stammte aus Mexiko.«

Beruhigt lehnte Natalie sich wieder an.

»Na gut. Brauchst du sonst noch etwas?«, fragte Kane.

Natalie schloss die Augen. »Nein, ich glaube nicht.«

Als sie den Aither öffnete und von ihm verschluckt wurde, war es beinahe eine Erleichterung. Sobald Natalie die Augen wieder öffnete, waren Ninia Kane und das makellose Labor zwar noch da, doch alles war wie in der Zeit erstarrt. Selbst die Farben waren blass. Langsam senkte sich die Liege, als würde sie in den Boden schmelzen. Die Umrisse der realen Welt lösten sich auf wie Nebel, dann stand Natalie wieder im Tunnel ihres Traums. Nur war das Gefühl diesmal völlig anders – mit viel mehr Details und viel echter, als sähe sie alles in Hochauflösung. Sie war sich jeder Nische und jedem Winkel bewusst. Sie spürte jeden Tropfen Wasser, der auf den Boden fiel. Sie lief los. Ein Blick nach unten verriet ihr, dass sie barfuß war. Der Untergrund war kalt und schroff.

Vor ihr gabelte sich der Gang.

»Mum?«, fragte sie. »Wohin jetzt?«

Wie zur Antwort leuchteten im linken Tunnel Lichter auf, die angeordnet waren wie die Sterne Orions. Natalie folgte ihnen, während sie mit der Hand über die Wand fuhr. Vor ihr war jemand.

Tauche tiefer ein, Kind. Du bist fast da …

Die Lichter des Schützen kamen kein Stück näher. Natalie lief schneller, um nicht den Anschluss zu verlieren, bis sie in der Dunkelheit stolperte und hinfiel. Es gab andere Abzweigungen, die in die Tiefe führten, doch Natalie hatte nur Augen für die Sterne. Den Weg zurück würde sie allein vermutlich nicht mehr finden, aber sie redete sich ein, dass es keine Rolle spielte. Wenn sie ihre Mutter erst gefunden hatte, würde alles gut werden.

Plötzlich waren die Sterne vor ihr verschwunden, als hätte man sie ausgeblasen wie Kerzen, und Natalie keuchte vor Angst. Ihr war schwindelig, und sie musste anhalten und beide Hände an die Wand pressen, um das Gleichgewicht wiederzufinden.

»Hallo?«, wisperte sie.

»Ich bin hier, Natalie«, ertönte die Antwort.

Eine Hand ergriff die ihre und drückte fest zu.

»Mum, du tust mir weh«, sagte sie.

Der Druck nahm zu. Spitze Nägel gruben sich in Natalies Haut.

»Ich wusste, du würdest kommen«, sagte die Stimme dicht an ihrem Ohr. »Ich wusste, du würdest mich finden.«

Am Rand ihres Sichtfelds wurde es heller. Vor ihr erschien ein Gesicht voller Schatten. Auf der Haut der Frau schienen sich Tattoos zu schlängeln und zu winden.

Das war nicht Natalies Mutter.

Sie hätte nicht damit gerechnet, dieses Gesicht jemals wiederzusehen, denn sie wusste mit absoluter Sicherheit, dass diese Frau tot war. Natalie hatte mit eigenen Augen gesehen, wie sie aus dem fünften Stock gefallen war, und mit eigenen Ohren gehört, wie ihr Körper auf den harten Gehsteig einer Pariser Straße geknallt war.

Es war Anath, die Anhängerin von Eris, Johann Schars treue Ergebene.

Natalie versuchte, sich loszureißen.

»Das kann nicht sein …«, schrie sie. »Sie sind tot!«

Anath ließ nicht locker. »Mein Körper wurde in der Welt dort draußen zerstört, doch hier drin erhält mich mein Nous. Nur die Schwachen sterben, Kind.«

Anath lief los, tiefer hinein in die Tunnel. Gegen ihren Willen wurde Natalie mitgerissen. Haltlos schleiften ihre Füße über den steinigen Grund.

»Wohin gehen wir? Wo sind wir?«

»Im Aither, wo sonst? Zumindest in der beengten Form, die du ihm gegeben hast. Du hast Tunnel und Wände erbaut, damit es dir leichter fällt, dich zurechtzufinden. Doch die wahren Ausmaße des Aithers werden deinen zerbrechlichen Geist überwältigen.«

Ohne Vorwarnung zog sie Natalie erst zu sich, dann an sich vorbei. Der Boden unter Natalies Füßen verschwand. Schreiend stürzte sie einen Abhang hinunter, bevor sie unten aufprallte und zusammensackte. Über ihr stand Anath und sah auf sie herab. Von irgendwo an der Decke tropfte Wasser auf den Boden rings um ihre Füße.

»Du dachtest, du würdest hier Antworten finden, stimmt's?«

Mit Schmerzen stand Natalie auf und rannte zur Wand, um daran hochzuklettern. Doch der Fels war zu glatt, zu glitschig, und sie stolperte zurück.

»Du hättest auf das Orphische Mysterium hören sollen«, sagte Anath. »Sie kennen die Gefahren des Aithers. Du wirst nicht die erste Kassandre sein, die sich hier unten verliert.«

Ein lauter Knall zerriss die Luft. Nun spritzte auch aus der Wand Wasser. Die Tropfen, die von der Decke fielen, wurden größer. Natalie bemerkte, dass ihre Füße bereits in einer immer größer werdenden Pfütze standen. Noch einmal sprang sie an der Wand hoch und suchte verzweifelt nach Halt, aber ohne Ergebnis.

»Was passiert jetzt?«, wollte sie wissen.

»Du wirst mit deiner Schwäche konfrontiert«, sagte

Anath. »Du dachtest, du könntest den Aither kontrollieren und den Fluss des Schicksals nach deinem Willen umlenken, doch nun wirst du darin ertrinken, Kind. Dein Geist wird in seinem gleichgültigen Strom untergehen, und dein Körper dort oben wird wie der deines Vaters nutzlos vor sich hinvegetieren.«

Immer mehr Risse erschienen in den Wänden, und das Wasser kam von oben wie ein prasselnder Regenguss. Die Pfütze ging Natalie schon bis über die Knie.

»Nein …«, sagte sie. »Idris Khalil hat gesagt, ich kann euch aufhalten.«

»Hättest du auch gekonnt«, erwiderte Anath. »Hättest du auf vernünftigen Rat gehört. Hättest du dich vom Aither ferngehalten. Johann wusste es von Anfang an. Er wusste, dass wir dich hierherlocken müssen, in die Tiefen des Aithers, und nur einer von uns konnte es schaffen. Aber keine Bange. Dein Opfer lohnt sich. Das Mysterium von Eris wird deinen Körper am Leben erhalten. Er wird dauerhaft mit dem Aither verbunden sein – dank Ninia Kanes Technologie. Als ihre Sklavin wirst du ihnen die Zukunft der Menschheit vorhersagen, damit sie an jedem Scheideweg die Ordnung zerstören und Chaos bringen können. Mit deiner Hilfe wird Eris uneingeschränkt herrschen können.«

Natalie spürte das Wasser an ihrer Hüfte. Anath war verschwunden.

»Warten Sie!«, rief sie. »Kommen Sie zurück!«

Ihre Füße verloren den Halt, und Natalie musste Wasser treten. Wie hatte sie nur so dumm sein können? Warum war sie so blind dieser Stimme gefolgt? Sogar Giles hatte daran gezweifelt, dass es ihre Mutter war, doch sie hatte nicht zugehört, weil sie es sich so gewünscht hatte – so, so sehr. Um sie herum fing das Wasser an zu schäumen und zu tosen, während es sie zur Decke der Höhle trug. Es würde nicht aufhören, und wenn es den Raum komplett ausgefüllt hatte, gab es kein Entkommen mehr, keine Luft zum Atmen. Angst legte sich um ihre Brust.

Die Omenschriften hatten doch recht gehabt. Sie war diejenige, die für die Apokalypse verantwortlich war, und zwar wegen ihrer Arroganz und Dummheit!

Als das Wasser ihr Kinn erreichte, schnappte sie panisch nach Luft. Sie legte den Kopf in den Nacken und atmete hastig weiter. Schon stieß ihre Stirn an den Fels über ihr, und Wasser klatschte gegen ihre Lippen. Nicht mehr lange. Sie atmete durch die Nase, bis Wasser in ihre Nasenlöcher biss. Sie musste Luft holen, doch da war kein Sauerstoff mehr, nur Wasser. Dunkelheit überwältigte sie, und sie spürte nur noch den kalten Stein unter ihren Händen, ihre wild um sich schlagenden Beine und das Brennen in ihrer Lunge.

Ihr echter Körper würde nicht sterben, doch die Angst in ihrem Geist war echt. Und sie wusste, sobald das Wasser sich einen Weg bahnte und ihre Lunge füllte, war es das Ende. Es war so vorausgesagt.

Natalie kämpfte, bis sie meinte, ihre Lunge müsste explodieren.

Doch dann entwich der letzte Rest Luft durch ihre Lippen, und ihre gierige Lunge saugte ein, was sie fand. Wie flüssiges Feuer drang das Wasser in sie ein.

KAPITEL 20

CRUX

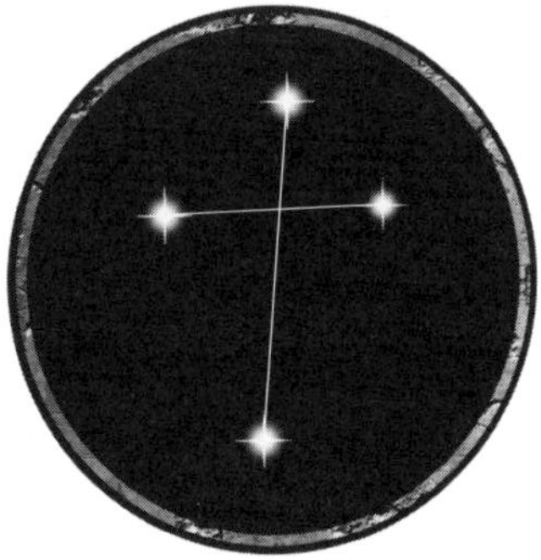

Kreuz des Südens.
Für die Inka ein Tor in fremde Welten.

Der Aither riss sie mit sich und füllte ihren Kopf mit weißen Lichtblitzen. Natalie wollte sich bewegen, konnte es aber nicht. Ihre Glieder waren wie tot. Langsam schwebte sie durchs Wasser. Es war, als gehöre ihr nur noch ihr Gehirn, gefangen in einem Kerker aus Fleisch und Knochen. Unfähig, ihre Beine oder Arme auch nur zu fühlen, hing sie reglos im Wasser. Alles Licht war erloschen. Würde es so bleiben, für immer und ewig? Würde alles Lebendige außer Kraft gesetzt sein? Wäre sie so wenig lebendig wie nur möglich, ohne tatsächlich tot zu sein?

Sie dachte an das, was Anath gesagt hatte – dass sie ihren Körper am Leben halten würden, um mithilfe ihres Nous von Kanes Labor aus den Aither zu bereisen. Jetzt ergab alles Sinn, doch sie hatte es nicht begriffen, nicht einmal als es völlig logisch hätte sein sollen. Thuban war das Werkzeug der Zerstörung. Wie in den anderen Omen. In ihrem Fall waren es Ninia Kane und der Schläfenknopf mit der Schlange darauf, den Natalie freiwillig angelegt hatte. Und weil sie sich so dämlich angestellt hatte, würde Eris mit Johann Schar die Welt beherrschen.

Ich bin Sirius, Anubis, Hermes, Janus. Der Zerstörer. Ich bringe die Flut und färbe den Himmel schwarz.

Natalie war so verzweifelt, dass kaum noch Platz war für andere Gefühle. Alle hatte sie enttäuscht: ihre Mutter, ihren Dad, ihren Granddad und Giles; sämtliche Mystai von Orpheus aus Gegenwart und Vergangenheit, die im Lauf der Jahrhunderte gegen das Mysterium von Eris gekämpft hatten. Warum hatte sie nicht auf sie gehört? Warum hatte sie geglaubt, sie wäre stark genug, den Lauf des Schicksals zu verändern? Ein Niemand, der erst vor wenigen Wochen erfahren hatte, dass es so etwas wie den Aither überhaupt gab! Sie war nicht mächtiger als ein Blatt, das in einen angeschwollenen Fluss purzelte. Sie war nur ein Mädchen. Ein Kind.

Nein, ertönte eine Stimme.

In der Dunkelheit konnte sie nicht sagen, woher sie kam. Ob sie in ihrem Innern oder irgendwo draußen erklang. Es war ein Befehl. Fordernd, aber beruhigend.

Du kannst wählen, welche Maske du trägst. Du bist Janus, Gott zweier Gesichter. Du musst nicht schwach in der Dunkelheit verharren. Dazu musst du nur das Gesicht der Sonne zuwenden.

Während die Worte durch ihren Geist hallten, entfachten sie etwas in ihrer Brust. Etwas Leichtes. Lebenskraft.

Kehre den Fluss des Schicksals um, Natalie. Sei stark!

Hoffnung.

Plötzlich erinnerte sie sich an andere Dinge, von denen sie gelesen hatte. Kleine Bruchstücke von Dingen, die sie einmal gelernt hatte und die ihr damals unwichtig vorgekommen waren. Janus war nicht die einzige Gottheit mit zwei Seiten. Alle Götter und Omen der Zerstörung hatten verschiedene Bedeutungen, negative und positive, Yin und Yang. Überschwemmungen brachten nicht nur Verwüstung, sondern auch Erneuerung und Fruchtbarkeit. Anubis war der Gott, der jeden Tag die Sonne zurückbrachte. Hermes konnte ins Land der Toten reisen, aber auch herauskommen, zurück ins Land der Lebenden. Und Janus, der Gott des Endes, war auch der Gott allen Anfangs. Er schaute in beide Richtungen.

Die Leichtigkeit in Natalies Mitte verstärkte sich, als ihr klar wurde, dass doch nicht alles verloren war. Sie *hatte* eine Wahl.

Plötzlich spürte sie einen Funken Leben in den Fingerspitzen, dann in ihren Zehen. Nun kam Bewegung ins Wasser. Natalie stieg nach oben, getragen von einer Kraft, die sie nicht verstand.

Und sie stieg nicht nur auf, sie *schoss* geradezu in die Höhe. Über ihr war Licht, ein schwacher runder Schein, der mit jeder Sekunde heller wurde. Mit neuer Kraft in ihren Armen und Beinen fing sie an zu schwimmen. Sie hatte keine Ahnung, was sie erwartete. Sie wusste nur, dass sie dort hinaufmusste.

Das Leuchten entpuppte sich als Kreis, und das Licht auf der anderen Seite war heller als Tageslicht. Es war rein und weiß wie das Innere eines Blitzes, so gleißend, dass Natalie die Augen schließen musste. Mit einem letzten Zug schoss sie darauf zu …

Sie holte so tief Luft, dass ihre Lunge bis in die kleinsten Verästelungen gefüllt wurde, dann blinzelte sie in mehrere Deckenlichter. Sie war wieder im Labor, allerdings hatte sich der Raum völlig verändert. Hier war nichts mehr makellos sauber wie zu dem Zeitpunkt, als sie sich hingelegt hatte. Es sah aus wie in einem Schlachthaus.

Boden und Wände waren voller Blut. Sie starrte ins Gesicht eines Stiers, dessen geschwungene Hörner Schatten auf ihren Körper warfen. Johann Schar. Links und rechts von der Couch, vertieft in einen Singsang, standen drei weitere Anhänger von Eris.

Keiner schien bemerkt zu haben, dass sie wach war. Trotzdem stimmte etwas nicht. Unvermittelt fasste sich einer der Männer an die Schläfe, und die anderen Masken wandten sich einander zu.

»Ich habe die Verbindung zum Aither verloren.« Es war Ladon.

Natalie erstarrte, als Schar sich die Maske vom Gesicht riss. Er war in Schweiß gebadet. »Kane? Was geschieht hier?«

Vom anderen Ende des Zimmers her antwortete Ninia Kane. »Die Geräte sind nach wie vor verbunden. Ich verstehe das nicht.«

Schar verließ seinen Posten und marschierte durchs Labor.

Natalies Glieder kribbelten, als wären sie elektrisch geladen. Als wären ihre Nervenenden wund, weil sie dem vollen Potenzial des Aithers ausgesetzt gewesen waren. Der Raum ringsum flackerte, wurde kurz zur kerzenhellen Kammer der Traumseher. Dann war alles voll Weihrauch, der aus dampfenden Feuerschalen in Dreibeinen stieg. Die Wände verwandelten sich in Mauern aus großen Steinen, dann in schmale Marmorsäulen, dann wieder ins verspiegelte Glas von Ninia Kanes Labor. Natalie war ganz ruhig. Ausgeglichen, aufgehoben in Zeit und Raum. Sie begriff, dass sie überallhin konnte, wenn sie nur wollte – alles sehen konnte, die gesamte Vergangenheit und vielleicht sogar die Zukunft. Sie existierte hier, aber auch an anderen Orten und Zeiten.

Die Frau, die eine Maske in Form eines Schafschädels trug, schaute sie an.

»Sie ist bei Bewusstsein!«

»Geh beiseite, Hekuba!«

Die Frau zog sich zurück. Alle Aufmerksamkeit richtete sich auf Natalie, doch sie hatte keine Angst. Kurz bevor einer der muskelbepackten Schläger sich in Bewegung setzte, wusste sie bereits, was er vorhatte. Als er nach ihr griff, hatte sie sich schon von der Couch und außer Reichweite gerollt.

»Packt sie!«, brüllte Schar.

Alle stürzten sich auf sie, allerdings schienen sie sich wie in Zeitlupe zu bewegen. In Natalies Fingern prickelte es. Sie wusste, was zu tun war. Sie hob ihre Hände, aus denen seltsames weißes Feuer schoss, mit dem sie nicht nur die Luft, sondern auch die Realität zerschnitt.

Gepackt von Angst, wichen die Schläger zurück, während Natalie vor ihnen einen weiten Kreis malte. Entlang seiner Linie verschwammen die Umrisse des Labors, wie durch eine Linse gebrochen. Es war ein Tor, das direkt in den Aither führte.

»Nicht hinsehen!«, rief Schar.

Zu spät. Diomedes, Ladon und Hekuba rissen die

Hände vors Gesicht und wandten sich ab. Doch Ninia Kane stand da wie gebannt. Mit weit aufgerissenen Augen starrte sie ins schimmernde Licht. Ihr Körper war wie in einer Schockstarre, ihr Mund klappte auf, und ihre Augen rollten in den Schädel zurück. Von ihren Lippen drang ein Wimmern, das aus ihrem tiefsten Innern zu stammen schien und zu einem grellen Kreischen anstieg. Überall im Raum platzten Funken aus den Computertischen, und Monitore zersprangen. Die Deckenlichter flackerten erst und verloschen schließlich endgültig. Dann, als es den Anschein hatte, Kanes Schreie könnten die Glaswände zum Bersten bringen, verstummte sie und knickte in den Knien ein. Als sie auf den Boden fiel, war Natalie sicher, dass sie tot war.

Johann Schar, der seine Maske wieder aufgesetzt hatte, trat auf Natalie zu. Die Augen hinter dem Stierschädel schimmerten. »Das kannst du nicht tun!«, brüllte er und griff mit zu Krallen verkrümmten Händen nach ihr. Natalie packte seine Handgelenke, die sich spindeldürr und schwach anfühlten. Als sie zudrückte, gaben seine Knochen unter ihrer neu gefundenen Kraft nach. Schar riss vor Panik und Schmerz die Augen auf, dann fiel auch er zu Boden.

Das gleißende Portal verschwand und ließ nur ein Nachbild aus bunten Farben zurück. Schlagartig fühlte Natalie sich schwach, völlig ausgelaugt, und ihre Beine hatten Probleme, sie zu halten. Schars Untergebene ließen die Arme sinken. Ladon eilte seinem Meister zu

Hilfe. Schar krächzte: »Haltet sie auf! Haltet das Mädchen auf!«

Natalie stolperte auf die Tür zu, nur um von einer Hand in ihrem Haar brutal zurückgerissen und durchs Zimmer geworfen zu werden. Sie krachte gegen die Wand, dass ihr die Luft wegblieb. Diomedes stampfte auf sie zu, holte eine Pistole aus seiner Robe und zielte auf sie. Da tauchte plötzlich Giles auf. Er brüllte wie ein Wilder, schlang die Arme um den Nacken des Brutalos und hängte sich daran. Natalie hatte keine Ahnung, wo er hergekommen war. Diomedes drehte sich und griff mit seinen Pranken nach hinten, um Giles zu packen. Auf der anderen Seite des Labors zauberte Hekuba ebenfalls eine Waffe unter ihrem Gewand hervor.

»Vorsicht!«, brüllte Natalie, als sie anlegte.

Plötzlich wurde Hekuba steif und verzog die Lippen, als hätte man sie von hinten erstochen. Dann fiel sie wie ein Brett auf den Boden. Hinter ihr kauerte Romain, den Taser in der Hand. Mit Giles auf dem Rücken stürmte Diomedes auf den Bodyguard zu. Romain wich nicht vom Fleck, sondern versetzte dem Handlanger einen flinken Tritt in die Weichteile. Mit einem pfeifenden Laut brach dieser langsam zusammen und rollte sich jammernd zu einem Ball. Giles sprang von seinem Rücken und eilte zu Natalie, während Romain Hekuba die Pistole abnahm. Gemeinsam halfen sie ihr auf.

Ladon kauerte bei dem verwundeten Schar, und Hekuba bewegte sich kaum noch. Keiner schien darauf versessen, weiterzukämpfen, vor allem, da Romain nun bewaffnet war. Natalie trat über Ninia Kanes reglosen Körper, und zu dritt rannten sie zum Lift.

Romain fuhr sie vom Firmensitz der NiniaCorp zurück in die Stadt.

»Wie habt ihr mich gefunden?«, fragte Natalie.

»Detektivischer Spürsinn«, antwortete Giles grinsend. Er fischte in seiner Tasche herum und hielt ihr Ninia Kanes Visitenkarte vor die Nase. »Hast du auf dem Dachboden liegen lassen.«

»Weiß mein Großvater Bescheid?«

»Noch nicht«, sagte er.

»Du hast ihm nichts verraten?«

Giles wurde rot. »Ich wusste, dass du bestimmt im Aither nach deiner Mutter suchst, und konnte mir schon denken, dass du Ninia Kane um Hilfe bitten willst. Mir ist eingefallen, was sie zu dir gesagt hat, von wegen, du sollst zu ihr ins Labor kommen, die neue Technologie austesten und so. Ich dachte, bevor sie ausrasten, sag ich's den anderen lieber nicht.«

Natalie schwieg kurz. »Es war nicht sie, die mich gerufen hat. Im Aither, meine ich. Es war nicht meine Mutter, sondern Anath.« Giles riss den Kopf hoch und sah aus, als hätte man ihn geohrfeigt. »Es war alles ein mieser Trick, um mich in den Aither zu locken«, fuhr Natalie fort. »Ohne dich und Romain wäre ich jetzt tot.«

Giles sah sie lange an und wirkte hin und her gerissen. »Okay, damit hätte ich jetzt nicht gerechnet«, sagte er schließlich. »Du hast eigentlich den Eindruck gemacht, als hättest du die Lage gut im Griff.«

Sie schwieg. Wie sollte sie erklären, was passiert war, nachdem sie die Verbindung zum Aither gekappt hatte? Sie verstand ja selbst nicht, wie sie zu diesen Dingen in der Lage gewesen war. Sie war nicht einfach nur in den Aither eingetaucht wie bisher, sondern hatte ihn in seiner reinsten, gefährlichsten Form heraufbeschworen. Sie betrachtete ihre Hände und suchte nach irgendwelchen Spuren der Kraft. War sie noch da, in ihr, bereit für den nächsten Einsatz? Der Gedanke machte ihr Angst. Sie fand, ein einzelner Mensch sollte so eine Macht nicht haben.

Romains Handy klingelte, und er steckte sich ein Bluetoothgerät ans Ohr.

»Ja … Selbstverständlich, Sir … Nein, allen geht es gut … sofort.«

Nachdem er aufgelegt hatte, fragte Giles: »Stimmt was nicht?«

»Der Orphische Rat trifft sich in der Stadt«, antwortete Romain. »Ihr sollt beide hinkommen.«

Er gab Gas und raste dem neuen Ziel entgegen.

Da müssen wir wohl einiges erklären, dachte Natalie.

KAPITEL 21

TULĀ

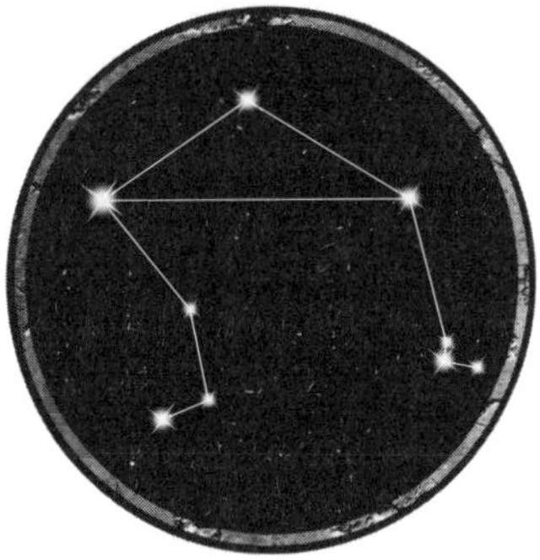

Das vedische Sternbild der Ausgeglichenheit.
Das Chaos wird besiegt.

Draußen war es Nacht geworden, und die Wolken hatten sich gelichtet, sodass die feine dünne Sichel des zunehmenden Mondes zu sehen war.

Die Harvard Memorial Hall war schon immer ein Treffpunkt für Geheimgesellschaften gewesen, und Natalie verstand auch sofort, warum. Zwielicht und Getuschel herrschten dort. Von der Decke hingen Ketten mit Kerzenleuchtern, die alles in goldenes Leuchten tauchten. Nur die hohen Balken der gotischen Decke lagen in tiefen Schatten.

Am ersten Tisch, der leicht erhöht stand, saßen die Männer und Frauen des Orphischen Rats in einer Reihe. Alle trugen Masken und Roben. Natalie stand weiter unten, Giles und Lionel Thwaites an einer Seite, ihr Großvater, der ihre Hand hielt, an ihrer anderen. Sie hatte ihnen noch immer nicht die ganze Geschichte erzählt. Daher lauschten sie gebannt, als Natalie den Verlauf ihres Abends beschrieb und was sich im Labor von Ninia Kane abgespielt hatte. Der Rat hörte geduldig zu, was Natalie nicht wenig überraschte. Ständig rechnete sie damit, dass man ihr das Wort abschneiden würde. Als sie zu dem Teil kam, wo sie ein Tor in den Aither geöffnet hatte, nahm sie sich extra viel Zeit und gab sich Mühe, alles möglichst genau so zu berichten, wie es passiert war. Sie bemühte sich, alles so objektiv zu schildern wie ein Wissenschaftler bei einem Bericht.

»Am besten kann ich es wohl so beschreiben«, erklärte sie, »dass eine elektrostatische Kraft mein Gehirn und meinen Körper stimuliert hat. Als hätte der Umstand, so ungeheuer vielen Informationen ausgesetzt zu sein, eine übermenschliche Kraft geweckt. Damit konnte ich einen Riss öffnen, durch den der Aither allen im Raum vollständig sichtbar wurde. Ich musste nur *wollen*, dass das Tor sich öffnet, und es hat gehorcht.«

Der Rat schaute sie aus den ausdruckslosen Masken heraus an, doch das Schweigen brachte Natalie auf den Gedanken, dass die Mitglieder beeindruckt sein könnten, wenn auch möglicherweise unfreiwilligerweise. Doch sie ließen sich nichts anmerken und zeigten keinerlei Überraschung.

»Mann!«, sagte Giles und brach die Stille. »Ich fass es nicht, dass ich das verpasst habe!«

»Zum Glück!«, meinte Thwaites. »Selbst dein großartiger Geist hätte einer solchen Überdosis reiner Informationen nicht standhalten können, mein Junge.«

Stirnrunzelnd öffnete Giles den Mund, um zu widersprechen, doch der Ratsoberste unterbrach ihn mit lauter raspelnder Stimme. In seinem leichten italienischen Akzent lag eine Spur von Aufregung.

»*Wollen.* Es ist interessant, dass du dieses Wort gewählt hast.«

Nach ihm sprach eine andere Gestalt in Robe. Natalie erkannte sie als die afrikanische Frau, die ihnen in der Suite im Palace Hotel in Istanbul einen Besuch abgestattet hatte. »Wir wissen, dass die Energie des Aithers besondere Fähigkeiten anregen kann«, sagte sie. »Doch solch ein Tor alleine zu öffnen, ohne Ritual … und eine physische Manifestation dieser Energie zu erschaffen, ist tatsächlich bemerkenswert.«

»Du bist mehr, als wir uns je vorstellen konnten«, sagte das Ratsoberhaupt und legte die Hände wie zum Gebet aneinander.

Es hörte sich an, als würde er hinter seiner Maske lächeln. Verwirrt schüttelte Natalie den Kopf. *Was soll das heißen?* Sie hatte erwartet, dass der Rat fuchsteufelswild sein würde – oder zumindest verärgert, weil sie so viele Vorschriften missachtet hatte. Das Oberhaupt gab ihr mit einem Nicken zu verstehen, dass sie weitererzählen sollte.

Natalie beendete ihren Bericht damit, dass Giles und Romain eingegriffen hatten, kurz bevor Diomedes sie erschießen konnte. Ihr Großvater drückte ihre Hand ein wenig fester. Natalie wusste, dass sie schon wieder sein Vertrauen missbraucht, ihn angelogen und sich in Gefahr gebracht hatte. Sie drehte sich zu ihm um, brachte aber nur ein einziges Wort über die Lippen: »Entschuldigung.«

Er lächelte sie an, breitete die Arme aus und drückte sie an sich. »Kein Grund, sich zu entschuldigen. Du warst sehr tapfer.«

»Wie dem auch sei«, sagte der Ratsvorsitzende. »Einmal mehr hat sie den ausdrücklichen Wunsch des Rats missachtet. Indem sie Ninia Kane um Hilfe bat, wurde sie beinahe zu dem, was Idris Khalil vorhergesehen hat: ein Werkzeug unserer Feinde und Dienerin von Eris.«

Giles trat vor und wischte Thwaites' Hand von seiner Schulter. »Das ist unfair! Natalie ...«

Der Ratsvorsitzende ließ ihn nicht ausreden. »Genau wie wir gehofft hatten!« Dann legte er beide Hände ans Gesicht, nahm die Maske ab und zeigte das ältere, bronzefarbene Gesicht mit den großen aufmerksamen Augen, die Natalie schon im Palace Hotel so verzaubert hatten. Diesmal waren sie zu einem Lächeln verzogen, das Natalie galt.

»Was?« Giles fehlten die Worte. »Ähm ... Was?«, wiederholte er.

Thwaites rieb sich das Kinn. »Ich muss zugeben, auch ich bin verdattert. Soll das heißen, es war von Anfang an der Plan des Rats, dass Natalie in dieses Labor geht?«

Natalie sah sich im Raum um, bis ihr Blick an ihrem Großvater hängen blieb. Er stützte sich auf seinen Stock. Dabei bewegte sein Mund sich lautlos, wie immer, wenn er konzentriert über etwas nachdachte. *Okay, jetzt muss ich wirklich wissen, was hier los ist,* dachte sie.

Der Ratsvorsitzende blickte zum Rand der Halle. »Es war nicht unser Plan. Nicht ganz. Für das Einfädeln und auch die Entwicklung der Dinge müssen wir jemand anderem danken.«

Die übrigen Maskierten folgten dem Blick ihres Anführers. In den Mittelgang des prächtigen Saals trat eine Frau. Sie trug die Katzenmaske der Gesichtslosen. Als sie bei Natalie ankam, blieb sie stehen.

»Meinen Glückwunsch, Natalie – dein Wille wurde

Schicksal. Du hast das Gesicht der Sonne zugewandt. Du warst stärker, als ich es je für möglich gehalten habe.«

Natalie runzelte die Stirn. Diese Stimme … Sie berührte etwas in ihrem Innern. Natalie schluckte, als die Erinnerung sich einstellte. Die Stimme … diese Worte … sie hatten sie aus der kalten Flut des Aithers geholt, als sie schon geglaubt hatte, alles sei verloren.

»Sie waren da«, sagte sie.

»Ich war in der Nähe«, sagte die Gesichtslose. »Zum Glück hast du dich nicht getarnt. Das hat es mir leichter gemacht, auch wenn ich deine Gegenwart immer spüren würde. Wir sind nämlich miteinander verbunden, auf eine Art und Weise, die nicht einmal die Dunkelheit des Aithers trüben kann. Denn wie Khalil vorhersagte, bist du Anubis, Tochter von Bastet.«

Sie berührte Natalies Hände. In diesem Moment spürte Natalie, wie ihr Nous entflammte. Als sie in die Katzenmaske blickte, verstand sie endlich die volle Bedeutung von Idris Khalils Worten.

Die ägyptische Göttin Bastet war eine Katze. Sie, Natalie, war die Tochter der Katze. Was bedeutete, die Frau vor ihr war …

»Mum?«

Die Gesichtslose nahm ihre Maske ab. Darunter trug sie eine Augenbinde, die sie ebenfalls löste. Die grünen Augen, in die Natalie nun blickte, waren klar, und das Gesicht der Frau war offen und freundlich. Das jüngste Bild, das Natalie von ihrer Mutter kannte, war fast dreizehn Jahre alt, trotzdem waren die Züge dieselben. Natalies Großvater stand mit großen Augen da.

»Elodie? Bist das wirklich du?«

»Ja.« Erst jetzt ließ Natalies Mutter sich ihren französischen Akzent anmerken. »Es tut mir so leid.«

In Natalies Augen traten Tränen und rollten über ihre Wangen, bevor sie es sich verkneifen konnte. Elodie kam nicht näher, sondern stand verlegen da und wusste selbst nicht, was sie tun sollte. Natalie ging es genauso. Sie wusste nicht einmal, wie sie sich fühlte … wütend, traurig und glücklich, alles auf einmal. Mehr als alles andere jedoch war sie verwirrt.

»Warum?«, fragte sie.

In Elodies Blick lag Schmerz. »Ich wollte es nicht, mein Liebes. Ich wollte euch niemals verlassen, nicht einmal für eine Stunde. Aber mir blieb nichts anderes übrig. Das Mysterium von Eris hatte mich aufgespürt. Was sie deinem Vater angetan haben, hast du selbst gesehen. Ich musste mich versteckt halten, damit du in Sicherheit sein konntest. Aber glaub mir, in meinem ganzen Leben ist mir nichts schwerer gefallen.«

Natalie ließ das erst einmal sacken. Als sie die Frau vor sich betrachtete, hatte sie das Gefühl, sie kein bisschen zu kennen. Seit sie alt genug war, um es wirklich zu verstehen, hatte sie nie damit gerechnet, ihr einmal persönlich gegenüberzustehen.

»Was hat sich verändert?«, fragte sie.

»Ich habe gebetet, der Nous möge dich verschonen«,

sagte Elodie. »Nicht selten überspringt die Gabe eine Generation. Und obwohl ich weit weg lebte, habe ich im Aither immer nach dir Ausschau gehalten. Immer, wenn du deine Gabe eingesetzt hast, hoffte ich, es würde das letzte Mal sein. Doch deine Macht war offensichtlich. Es war wie ein Erdbeben im Aither, das andere Kassandren erzittern ließ. Du warst … Du bist … *unglaublich*.«

»Warum bist du nicht zu mir gekommen?«, wollte Natalie wissen. »Als meine Kräfte erwacht waren. Du hättest mir helfen können. Und warum hast du mir nicht gleich gesagt, wer du bist?« Hastig und leise hatte sie gesprochen, bis ihre Stimme brach. Ihre Lippen waren auf einmal so trocken.

Elodie schaute zum Rat. Als sie wieder Natalie anblickte, lächelte sie müde, und in ihren Augen lagen Flehen und Traurigkeit. »Ich wusste, was das Schicksal für dich vorgesehen hatte. Die Bringerin von Zerstörung. Ich habe es im Aither gespürt, kurz nach deiner Geburt, und dieses Gefühl wurde immer stärker. Die Omen zeigten mir, dass du der Schlüssel zu einer neuen Ära des Chaos warst, schrecklicher als je zuvor. Jede meiner Visionen zeigte dich, wie du den Fluss umlenkst, dessen Flut uns alle ins Verderben stürzt. Ich wusste nicht, was ich tun sollte. Ich bat den Rat um Hilfe, und gemeinsam erarbeiteten wir unseren Plan. Er sah vor, dass ich mich von dir fernhalte. Dass ich dich beobachte, aber mich nie zu erkennen gebe.«

Natalie stieg die Hitze ins Gesicht. Erst hatte sie das

Gefühl, zu fallen, dann fühlte sie sich plötzlich ganz hohl. »Ich verstehe das nicht. Ich habe dich gebraucht.«

Elodies Lider zuckten. Ihr schien ein ungeheures Gewicht auf der Seele zu lasten. »Es tut mir leid«, hauchte sie heiser. »Doch wir wussten, dass du das Schicksal nur ändern kannst, wenn du enorm starken *Willen* beweist. Willenskraft ist der sicherste und zuverlässigste Weg, den Gang der Dinge zu ändern. Deshalb ist es dem Orphischen Mysterium wichtig, einflussreiche Menschen zu beraten – Personen mit der Macht, die Zukunft zu gestalten. Wenn jemand wichtig genug und sein Wille stark genug ist, kann er – daran habe ich immer fest geglaubt – den vorgesehenen Pfad völlig verändern. Das Zeitalter des Chaos ganz vermeiden. Doch damit unser Plan aufging, musstest du Willenskraft entwickeln, die so stark war wie nur irgend möglich. Du musstest dir selbst vertrauen, Dinge eigenständig lernen, deinen eigenen Weg gehen und den nötigen Charakter entwickeln. Und *glauben*, von ganzem Herzen glauben, dass du trotz aller Hindernisse der Zukunft, die unausweichlich schien, entkommen kannst. Dass du siegen kannst. Und genau das hast du geschafft, mein Kind. Du hast gesiegt, für uns alle.« Sie betrachtete Natalie, wie um sich alles an ihr genau einzuprägen. »Nicht dabei zu sein, als meine Tochter aufwuchs, war das größte Opfer, das ich bringen konnte, glaub mir. Doch es ging nicht anders. Das musst du verstehen, Natalie.«

Natalie war ganz taub. Sie kam sich benutzt vor. Über

die Schulter sah sie zu ihrem Großvater, der Elodie verwundert musterte.

»Bastet spricht die Wahrheit«, sagte der Ratsvorsitzende. »Es tut uns leid, dich so schlecht behandelt zu haben, Natalie. Doch es war nötig, dir Steine in den Weg zu legen. Keine Minute durftest du glauben, du könntest dich auf jemand anderen verlassen. Du musstest diese Sache alleine durchstehen.«

Wie auf einen unsichtbaren Wink hin standen alle Ratsmitglieder auf. Dann sanken sie auf die Knie und verneigten sich vor Natalie. »Du bist wahrhaftig die Nachfahrin von Idris Khalil«, sagte der Vorsitzende und hob den Kopf. Natalie blickte erst den Rat, dann ihre Mutter an. Plötzlich machte sie auf dem Absatz kehrt und rannte mit hallenden Schritten aus dem Saal. Sobald sie in der warmen Frühlingsluft stand, vergrub sie den Kopf in den Händen.

Als sie eine Hand auf der Schulter spürte, drehte sie sich um und schaute ins Gesicht ihrer Mutter. »Ich hab dich lieb, Natalie. Das war nie anders. Egal was von nun an passiert, das musst du wissen. Alles, was ich getan habe, war für dich.«

Natalie nickte. »Ich weiß. Aber ich bin nicht so stark, wie du gesagt hast. Verglichen mit dem, was du machen musstest, war das gar nichts.« Mit nassen Wangen warf sie sich in die Arme ihrer Mutter.

Elodie drückte sie fest an sich und weinte leise. »Wir haben viel nachzuholen.«

KAPITEL 22

PHOENIX

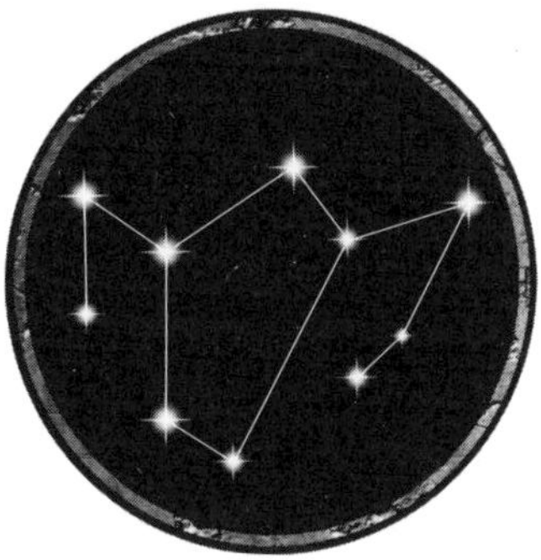

Der Phönix.
Erstanden aus Asche.

Meister«, sagte Hekuba. »Ihr müsst in ein Krankenhaus.«

Johann Schars zerschmetterte Handgelenke hingen schlaff herab. Der Schmerz war fast unerträglich, trotzdem schüttelte er den Kopf.

»Wir haben nicht mehr viel Zeit. Leg sie auf die Liege, und hilf mir mit der Maske.«

Diomedes und Ladon hoben Ninia Kanes bewusstlosen Körper vom Boden und betteten ihn auf die Couch, auf der zuvor Natalie Hardaker gelegen hatte. Hekuba setzte Schar die Stiermaske auf den Kopf. Durch die Augenhöhlen zu schauen, linderte seine Pein. Nicht alles war verloren.

»Sie ist hirntot, Meister«, sagte Ladon.

Schar blickte ihn abschätzig an. Nicht einmal jetzt begriffen seine Anhänger die wahre Macht des Aithers. »Kane ist tot«, sagte er. »Doch ihr Fleisch hat noch seinen Nutzen.«

Obwohl es ihm unvorstellbare Qualen bereitete, hob er die Hände und legte die Finger auf Kanes kalte Schläfen. Dann verfiel er in einen Singsang und bat Eris, ihn zu führen. Langsam, nachdem sie sich die Worte eingeprägt hatten, fielen seine Mystai mit ein. Während der Aither sich öffnete, suchte Schar nach dem Geist von Anath. Umgekehrt spürte er, wie auch sie nach ihm rief. Sie waren wie Magnete, die sich gegenseitig anzogen. Er schloss die Augen und griff blind in den Abgrund der Vergangenheit. Wo Orpheus bei Eurydike versagt hatte, würde er Erfolg haben. Er würde sie von den Toten zurückholen.

Seine Hände fanden ihre, und er lächelte. »Komm, Anath – komm zu uns!«

Als er die Augen öffnete, sahen seine drei Anhänger ihn neugierig an. Er spürte ihren Argwohn. Doch unter seinen Fingerspitzen fühlte er wieder Wärme in der Haut der Frau auf der Liege. Sie öffnete die Augen. Diomedes wich keuchend zurück, und Hekuba runzelte die Stirn.

»Unmöglich«, sagte sie.

Kane setzte sich auf. Alles an ihr sah aus wie immer, abgesehen von ihren Augen. Sie blickten kalt und berechnend in den Raum. Als sie sprach, schien die Stimme eine Oktave tiefer als vorher – schroff und siegreich. Ihr Akzent war eher britisch als amerikanisch.

»Mit Vertrauen auf Eris ist nichts unmöglich«, sagte sie. »Ich bin dem Mädchen gefolgt und habe den Aither als Brücke benutzt. Wie sie wurde ich in all seiner glorreichen Kraft getauft.«

»Willkommen zurück, Anath«, sagte Schar. »Wir haben viel zu tun.«

»Ich bin bereit, Meister«, antwortete sie.

»Natalie – das Mädchen – hat das Chaos verhindert«, sagte Ladon, dessen massige Stirn sich runzelte. »Die Finsternis ist vorbei.«

Anath lachte. »Der Fluss des Schicksals mag sich oberflächlich beruhigt haben«, sagte sie, »doch das Chaos lauert unter der Oberfläche wie verborgene Klippen.« Sie wandte sich um und lächelte Schar verschwörerisch an. »Scorpio ist beinahe vollendet.«

»Was ist Scorpio?«, wollte Diomedes wissen.

Die Verwirrung im Gesicht seiner Mystai bereitete Schar unverschämtes Vergnügen. Sein Projekt hatte er vor allen geheim gehalten, aus Angst, ihre Feinde könnten seine Existenz im Aither aufspüren.

»Ihr werdet es sehen«, sagte er. »Wenn die Zeit reif ist.«

KAPITEL 23

CAELUM

Der Grabstichel.
Eine neue Wahrheit kommt ans Licht.

Ihre Mutter und ihren Vater zum ersten Mal im echten Leben zusammen zu sehen, war für Natalie mehr als seltsam. Sie hielt sich ein Stück weit im Hintergrund und sah dem Wiedersehen von einer sonnigen Ecke der Lounge in der Nervenheilanstalt aus zu. Sie merkte, wie ihr Großvater den Atem anhielt, als Elodie langsam und vorsichtig auf seinen Sohn zuging.

»Hallo, mein Liebster«, sagte sie.

Matthew Hardaker drehte sich zu ihr um, und Natalie wartete gespannt ab, wie er auf seine Frau reagieren würde, die er seit über zwölf Jahren nicht gesehen hatte.

Sein Gesicht veränderte sich kaum, nicht einmal als sie sich neben ihn setzte und seine Hand nahm. Wenn überhaupt, spannte sich seine ruhige Miene etwas an. Natalie war enttäuscht. Aber was hatte sie auch erwartet? Dass er vor Freude aufspringen und der Kabelbrand in seinem Gehirn plötzlich repariert sein würde?

Was Elodie zu ihm sagte, konnte sie nicht verstehen, doch die Wangen ihrer Mutter glänzten vor Tränen, während sie seine Hand hielt und mit ihm redete. Nach einer oder zwei Minuten lächelte ihr Vater feierlich und nickte. Elodie ließ seine Hand los und drehte sich um, dann winkte sie Natalie und ihren Großvater zu sich.

Natalie ging neben dem Sessel ihres Vaters in die Hocke. Man hätte sie für eine ganz normale Familie halten können, die sich dicht aneinanderkuschelte, doch das würde niemals so sein. Der Aither hatte ihnen allen auf die eine oder andere Weise zugesetzt und Narben hinterlassen.

»Ich weiß, dass ein Teil von dir mich hören kann, Dad«, sagte Natalie. »Ich weiß jetzt, was du mir über Janus sagen wolltest.«

Er blickte sie verständnislos an.

»Danke. Ich weiß, dass du irgendwo bist.« Sie atmete tief ein. »Du bist Teil des Stroms. Du kannst alles sehen. Du hast mich gerettet.« Mehr gab es nicht zu sagen. Sie wusste, dass nur ein kleiner Bruchteil seines Geistes übrig war und der Rest von ihm inmitten all der Informationen über das ganze Universum im Aither verstreut war. Ein paar Minuten war sie einfach nur glücklich, bei ihm zu sein. Dann stand Elodie auf. »Wir können jederzeit wiederkommen«, sagte sie zu Natalie. »Gemeinsam. Ich muss mich vor meiner Familie nicht länger verstecken.«

Sie beugte sich vor und küsste Natalies Vater auf die Wange. Auch Natalie küsste ihn und umarmte seine schmalen Schultern. Zuletzt streichelte Avery Hardaker über die Hand seines Sohns. »Bis bald, mein Junge.«

Noch immer schaute ihr Vater stumm zwischen ihnen hin und her, als wären sie Fremde. Natalie dachte wieder an Orpheus und sein fehlgeschlagenes Abenteuer. Manchmal war jemand einfach zu tief vergraben, um zurückzukehren, sosehr man ihn auch liebte.

Zurück in der Wohnung blieb Elodie unsicher an der Tür stehen.

»Es ist so lange her«, murmelte sie. »Ich hätte nicht gedacht, dass ich je wieder hierherkomme.«

Natalie konnte nur raten, welche gemischten Gefühle in ihrer Mutter arbeiteten, als sie ihr altes Zuhause betrat. Sie nahm sie bei der Hand. »Komm mit rein.«

Gedankenverloren ließ Elodie sich durch das Apartment führen. Hin und wieder hellte sich ihr Gesicht auf, oder sie keuchte überrascht. Als sie das Büro ihres Schwiegervaters sah – und das Durcheinander an Büchern und Papieren –, lächelte sie. »Immer noch derselbe alte Avery.«

In Natalies Zimmer fuhr sie mit der Hand über die Regale und setzte sich aufs Bett. Zärtlich legte sie die Finger auf das Kopfkissen, als würde sie sich all die Gute-Nacht-Geschichten vorstellen, die sie nie gemeinsam gelesen hatten. Als Natalie merkte, dass ihre Mutter kurz davor war, wieder in Tränen auszubrechen, umarmte sie sie schnell. Schließlich war nur noch eine einzige Tür übrig – die zum Dachboden.

»I… ich kann nicht«, sagte Elodie. »Dort ist es passiert. Dort haben wir Matthew gefunden.«

»Ich komme doch mit!«, versprach Natalie.

Langsam ging sie voraus die Treppe hoch. Als sie das Zimmer betraten, fiel der Blick ihrer Mutter sofort auf die Wiege in der Ecke, wo noch immer das Janus-Mobile hing. Doch schnell wurde er von etwas anderem angezogen.

»Himmel!« Elodie zeigte auf das Teleskop. »Ist das deins?«

Natalie wurde rot und nickte.

»Darf ich durchsehen?«, fragte ihre Mutter.

»Gerne!«

Elodie ging zum Teleskop und setzte sich auf den kleinen Hocker. Dann richtete sie die Linse auf den Nachthimmel.

»Weißt du, früher habe ich bei jeder Gelegenheit die Sterne beobachtet«, sagte sie. »Ich habe mir vorgestellt, dass du es vielleicht auch tust.« Ihre Lippen verzogen sich zu einem Lächeln. »Ah – Orion!«

»Ich lese jeden Tag in deinem *Sternenbuch*«, sagte Natalie. »In den Sternen habe ich mich immer wie zu Hause gefühlt.«

Von unten drang Avery Hardakers Stimme die Treppe herauf. »Die Pizza ist da! Hat sonst noch jemand Hunger?«

Natalies Mutter stand auf. »Ehrlich gesagt, bin ich am Verhungern.« Sie ging zur Tür, doch Natalie zögerte. »Kommst du nicht?«

Natalie warf dem Teleskop einen Blick zu und spürte, wie ihr Nous sie drängte. Es kitzelte in ihren Schläfen. Sie zögerte und dachte an die alles verzehrende Wucht des Aithers, die durch ihren Geist geströmt war und ihren Körper mit Energie erfüllt hatte. Fast vermisste sie es. *Sehnte* sich danach. Ihre Mutter schien die Beklommenheit zu spüren.

»Alles okay, Natalie? Ist etwas?«

Natalie ließ die Schultern sinken, und alle Anspannung fiel von ihr ab. Sie stieß ein langes, dankbares Seufzen aus. Als sie sich umdrehte, lächelte ihre Mutter sie an. Da wusste Natalie, dass sie die Zukunft nicht mehr fürchten musste. Wichtig war nur, dass sie hier war, mit ihrer Mum, ihren Freunden und ihrem Granddad, der unten auf sie wartete. Sie musste sich keine Sorgen mehr machen. »Nein gar nichts«, antwortete sie. »Alles bestens«. Dann rief sie die Treppe hinunter: »Klar komme ich. Aber wehe, wenn du alle Peperoni allein verdrückt hast, Granddad!«

Das Abenteuer geht weiter!

Aimée Carter
Animox. Das Heulen der Wölfe. Band 1
384 Seiten · Ab 10 Jahren
ISBN 978-3-7891-4623-7

Aimée Carter
Animox. Die Stadt der Haie. Band 3
352 Seiten · ab 10 Jahren
ISBN 978-3-7891-4625-1

Aimée Carter
Animox. Der Biss der Schwarzen Witwe. Band 4
352 Seiten · ab 10 Jahren
ISBN 978-3-7891-0855-6

Simon ist ein Animox, ein Mensch, der sich in Tiere verwandeln kann. Er steckt mittendrin im Kampf der Tierreiche. Zusammen mit seinen Freunden begibt er sich auf die gefährliche Suche nach den verschollenen Stücken der Waffe des legendären Bestienkönigs. Diese Suche führt Simon mitten hinein in eine bedrohliche Schlangengrube und in die dunklen Tiefen des Pazifiks. Als sie in eine Sackgasse geraten, müssen sie die gefürchtete Herrscherin des Insektenreichs um Hilfe bitten: die Schwarze Witwenkönigin.

Auch als eBook und Hörbuch

Oetinger

Weitere Informationen unter: **www.animox-buch.de**, **www.oetinger-audio.de** und **www.oetinger.de**